U0135303

中国爱情

CHINESE
LOVE STORIES

刘丽朵——

著

北京联合出版公司
Beijing United Publishing Co.,Ltd.

旧时天气旧时衣

今年，秋天的天气冷得早，中秋节一过，阴雨连绵，不得不穿上夹裤——2016 年冬天，北大北门外丽朵送我的加绒裤。

《中国爱情：聊斋故事》是一部内容不需要次序的书，它平行，浑然，随随便便打开一篇读下去，都不会影响感受效果。这就像我们无论从哪里，以哪种形式出发，最后都会抵达必然的远方。这种看似无意的结构，恰是世界或者感情的形态。

书中的世界、书中的人物、书中的生命方式离我们似乎很远了。时间的云翻雨覆，生命的删繁就简，我们以为它们早已是陈年旧事，以为它们早已翻过去了，然而它们翻过去了吗？没有，它们一直在我们血肉深处。世界限制了我们的身体，但我们的心灵却没有边际，丽朵用文字重建了一个穿越时空的空间，一个永在的乌托邦，在坚硬的今天，它为我们打通了另一条路径。

我愿意把《中国爱情：聊斋故事》当作一本回望与还乡的书。除了高大的河山，绵延的村舍，明灭不息的灯火，还有古老的情事，爱情是生命本体的故乡。时间制造了太多废墟，而生命却不会消亡。因为这样的书写，我们得以返场，悲欣，歌哭，紧抱生命中走失的部分，得以真切地看清自己，回到自己。

曾记得在《饼师》（另一本书）里，丽朵有一句透彻生命本质的话：情事是人生必做的功课——这是《中国爱情：聊斋故事》的出路，也是归途。正如所有的历史都是当代史，古典情事也是今天之情事，然而，如何让古典叙述在今天复活，怎样打乱、重建时间与生命秩序，让它们剥离，重合，与当下发生关系，丽朵极佳的古典文学修养，巫术般的营造与调度，用自己的气味、声音、色彩完成了生死互通的流转，同时也疗愈了当下汉语的贫乏。

2015 年夏天，北京皮村，通往温榆河的林荫路上，丽朵背着双肩包，一顶凉帽，脚上是一双朴素的白色运动板鞋。那时候她在北大读博，我正飘荡无着，偶然读到她后来出版的另一本书《深情史》的某些篇章。在情感日益稀薄的北京，在燠热的当午，我无由地把眼前漫行的那个人和书中的许多人物重叠在一起，恍忽她就在她们中间，她就是她们，耳边回荡起的是京剧《牡丹亭》的一段旋律：

> 原来姹紫嫣红开遍，
> 似这般都付与断井残垣，
> 良辰美景奈何天，
> 赏心乐事谁家院？

谁家院呢？我们所有人的院。

陈年喜

2022.9.15

目录

镜中的芍药

天已黄昏，一群归鸟扇着翅膀，从我头顶上飞过去了。我在这东篱之下，锦榻之上，强支弱体，抚琴一曲，以销残年。

我是范十一娘。在我心头，有一个人的影子。离开的时间越久，这影子便越深，深得像一道刻进心里的血痕。

我数着日子：一天了，两天了，三天了，一旬了，一月了，三月了！她不会来了。我日日思念、夜夜梦想，竟至形销骨立。我怨那个人一去不返，在一起的时候，总是这样温柔旖旎，一转眼便音讯全无，难道是故意播种相思、引人惆怅吗？

她来了。

清香和梅香奔了过去，我也腾的一下从女床上坐起。墙头上骑着一个人——"十一！我来啦！快，接住我，我要跳下来了！"

"三三！你先别跳，小心摔倒！"

她还是跳下来了，接着便向我跑来。我忍不住脸上挂起了笑容，纵有千言万语，说出来也就只有一句话：

"你这个狠心的！你还知道来！我以为你这辈子都不会来了呢！"

"哎呀，别哭！我这不是来了吗！虽然没跟你见面，难道我就不想你吗？我是天天想、时时想，都快想出病来了。"

这还是我的三三，这才是我的三三。我不禁抓住她的胳膊摇了几下，又一头扎进她的胸口，紧紧抱着她。

"还说呢！人家都已经想出病来了。"

"刚才我在外头经过，听见有声音像你，又听见了琴声，我就想：这准是你！我就爬上了一棵树，翻上了墙头，一看：嘿嘿，真的是！"

我跟封三娘，是上元节那一天认识的。依着我们这儿的风俗，每年上元节这一天，都会在水月寺里做"盂兰盆会"，远近的所有女子都会参加。在人群当中，我一眼就看见了封三娘，她不光好看，而且器宇轩昂、神情潇洒。同时我还发现了：封三娘的一双凤眼，也在不住地看我。我们不约而同地走到了一处，还情不自禁地拉起手来。

　　她听说过我的名字，看到我的第一眼，她就认出了我。人们都传说，我是这一带待字闺中的姑娘当中，容貌最美的。三三也很美，有人曾经评判我们二人，说我似一朵芍药；她却像一枝春桃。春桃是那种单薄的花，却十足艳丽，芍药虽美，风韵却老实些，不像夭桃那般能绵延数里，翻成红浪。就有那一起轻薄的，看见女子，便评判她的品貌，我和三三都鄙薄那种人，评判我们？他们也配！

　　三三永远是独来独往，身边不见一个随从。我问她是为什么，她说，她的父母过世得早，家中只有一个老妈子，还要看家，不能出门，所以她有什么事，都是一个人去。我就牵着她的手，让她来我家里住。我爹娘向来疼我，我说什么，就是什么。可是三三说，我们家是朱门绣户，她又跟我家里没有亲戚，有那种狗眼看人低的人会说三道四的。我说，你管他们呢！可是，她这个人就是这个样，一旦打定了主意，谁也劝不过来。

"我在这儿陪你一阵儿，等你病好了我就走。"

"不许你走！上回一走就是三个月，这回走了，谁知道哪年哪月才能回来！我想你想死了怎么办？"

三三再不能走了。我口中不说，心里却是明白的：她这样孤单的一个女孩子，连父母也没有，一个人生活该多么凄怆！我希望三三留下来，永远地留在我的身边。为了不让三三走，我让人悄悄地去叫我娘。我娘闻讯，马上就来了。

"这就是我女儿的闺中小友封三娘啊！让我来看看：可真出挑！你俩站在一块儿，活像是一对姐妹花！我家里就这一个女孩儿，其他几个孩子都是男的，她从小也没个贴心的姐妹，你来了，就好了。听十一说，你家里父母都不在了，那就把我家当成是你家，就住在这儿别走了！过儿年你俩大了，连你的嫁妆我都出了！"

我娘拉着三三的手，大说大笑的。我娘是真心疼爱着三三，把三三当成是从天而降的另一个女儿。

在我娘的宠爱下，三三成了我们家上上下下

的红人，从丫鬟到老妈子，没有不喜欢她的，人人口中说三三，人人耳中听三三，个个爱三三。可突然有一天，三三从花园里气愤愤地回来了。

我看见三三从外面走进来，满脸怒色，进门以后就开始收拾自己的衣服。我赶紧问她怎么了。

"没怎么！回家去，不在你家了。"

"是谁冲撞我们三三了？"

三三一边把一件比甲缠成一个球，扔到自己的衣箱里，一边念叨着："自己还没照镜子，就对着别人的相貌评头论足！还要看人家的脚，我恨不得把他踢到天上去！"

什么男的？这个院儿里怎么会有男的？我一下子明白过来了——

"你是不是碰到了一个脸儿长得白白的大个子，拿着一把带碧玉坠儿的扇子？"

三三冷笑道："被我踢了个窝心脚。"

那人是我哥——范八，他也不是那么讨人嫌，旁人也都说他玉树临风、美如冠玉之类的。其实，范八公子不是平白无故出现在这个园子里的，我娘因为喜欢三三，一心想让她当我们家的人，就在我哥面前提了好几回，想着把三三娶到范家来，不仅三三不用走了，而且这嫂子和小姑子之间也好相处。想不到我那痴兄，一点也不会在姑娘面前表现。我赶紧跟三三说明了他的身份，我拉着她说："走，我带着你找我妈告状去。"

"不用去找老夫人了，你们的打算，我能猜出来。我明白告诉你：这万万不能。我并不想来范家住着，老夫人对我虽好，我却宁愿她不认识我，其他范家的人，我也不想结交。并非他们不好，而是我天生不喜欢跟人做伴。我之所以忍耐着住在这里，恋恋不舍，只是因为你在这里。我可以离开世上的一切人，独自去深山里住上几百年，对我来说都不算个事儿，可是我离不开你，想到要跟你分开，我就舍不得。"

三三的话，听到彼时的我耳朵里，只当她是疯魔了。三三老早便是一个疯魔，我也是一样的，所以，我对她的话不以为意。彼时的我，对封三娘的身世茫然不知。我信了她的话，以为她是一位邻村的孤女。那时我太年轻，不知道这样一份纯真如山中瀑布一样的情感，在这俗世上至为罕见。我也不可能想象到，对于以几百年为一个小单元的生命，爱上一个人意味着什么。我的天真和傻气，一点也不比我的哥哥范八逊色。

我留住了三三。三三却同我说一些怪话，比如："你愿意为了我而终身不嫁吗？"

"我愿意啊，三三。跟你在一起啊，是我所度过的最快乐的日子了！实话跟你说，一想起这辈子迟早有一天，咱俩会因为嫁人而分隔两地，我就心如刀割，说刀割还不够，应该说：就好像有人把我的心掏出来一样！"我把手架在三三肩上，捧着她的脸、看着她的眼说。那一双醉人的媚眼，真是把我的魂都勾走了。

说这些的时候，我是实心实意的，不过，第二天，有人来提亲，我跑出去躲在屏风后头看，也是实心实意的。那个小郎长得跟范八郎一样白，也跟范八郎似的，那浑身上下的行头，怎么也值个几十两银子。我喜欢他吗？还是不喜欢呢？我傻呆呆地扒着屏风的缝儿，看他的行动，看他的举止，可看来看去，好像也看不出个好歹来。对男人，我实在是没有经验。那人走了以后，我爹娘才告诉我，这次来执柯的人，是知府大人。这么大的官儿，亲自跑来说亲，我就知道，我家里怕是不敢不答应。

那个人是申家的二儿子，他家里很快下了定，好些人到家里，抬来了一箱一箱的红定，我就这样嫁出去？简直跟做梦一样！

三三问我："你愿意嫁给他？"

我答道："我也不知道，三三，你给我拿个主意，我该不该嫁给他？"

"别嫁了。如果你愿意，就跟我走。我家里在林泉之间还有个小房子。春天的时候，满屋子爬着蔷薇花，又香又美。冬天的时候，院子里有三十一棵梅花树，其中一棵梅树下埋着去年的雪水，又有一棵下头埋着十七年的女儿红。咱们围炉看花、烹茶煮酒、下棋观书，到了晚上，我用一块我藏了八十多年的，哦不，藏了八年的沉香料，把你的被子熏得香馥馥的，准让你天天做的都是甜梦。这日子，你说，美不美？不比嫁一个男人强吗？"

"美！我都醉了。带我走吧，三三。"

"那好，咱们这就走，再迟就来不及了。"

她说得跟真的一样，我也痛快应允。不过，有些事是不得不考虑的——

"好！可是三三，这次是知府大人执柯，要是我逃走了，我爹我娘可怎么办？"

"到时候我自然有办法。我单是问你一句话：你跟我走吗？"

"三三，我想出办法来了，你跟我一块儿嫁给他，这样就又让我爹我娘高兴顺意，咱俩又能不分开！"

每个女孩儿，都有过亲如姐妹的闺密，坐卧形影不离，连衣服也换着穿。在我人生的一个阶

段，我爱三三，就像爱自己的眼睛，超过半天没跟她在一起，我都忍受不了。我的确不愿意让一个不认识的男的，去取代三三的位置。可是在我内心深处，我又很清楚：这件事不可避免，迟早，我会告别我的少女时代，告别三三，去跟自己未必喜欢的人一起生活下去。

全家人都在准备着，让我嫁给申二。我甚至开始讨厌三三对我说的那些话，每当三三劝我跟她一起归隐林泉，做两个永远快乐的女孩子的时候，我就对她挖苦和讽刺。我说："哟，看不出来，你是观音大士派来度人的吧？"我还说："我娘都说了，也给你备一份嫁妆，我娘这么疼你，这嫁妆里的东西不会比我的少。我要替你盯着他们，亲眼验过了你的嫁妆，我才放心去嫁人。每当三三听到我这么说，她都满脸难过。这让我心里疼起来，我抱着她说："别跟我一般见识，你就当我胡说八道。你知道的，你一贯对我好，才把我惯得这样放肆。"

可我仔细想过了，要想不嫁人，就只有当尼姑这一条道儿，可我舍不得这满头的头发，好不容易才留得这样长。怎么这人生是这么的难，我真的不想绞了头发当姑子，那太难看了！可不当姑子，就要跟三三分开。

我跟三三彼此赌气，今天没说话。这一日，三三握了我的手，仿佛从未跟我闹别扭的样子。她同我说，绝不可嫁给申公子。

"我懂相人之术。申公子这个人，出身纨绔，你嫁过去以后，没有几天好日子过，申家的气运就会到头了！对这年轻的男人，千万不能以贫富论英雄，要嫁，就要嫁一个有本事的，现在穷点不要紧，很快就会有出头之日！"

三三说得好像很有道理。

"去跟你娘说，今日水月寺有道场，让你跟我出去逛一逛庙。"

"怎么还有这个闲心？"

"咱们过去挑个男人。"

那天，封三娘带着我，去了水月寺。这天，也不知道是个什么道场，十里八乡的年轻男人都过来了，到处都是人。我低着头走路，三三却东张西望，一点不知道害羞。过了一会儿，她拽起我的袖子来。

"十一，快看那个人。布袍不饰，仪容修伟，你知道他是谁吗？"

"他是谁啊？"

"他就是未来的宰辅大人。"

"你怎么知道？"

"都跟你说了，我懂相人之术。"

宰辅大人可是很大、很大、很大的官，是治国经邦之才，一人之下、万人之上，真的会出现在这个小小的水月寺里？我对三三所说的话深表怀疑。

"如果他将来当不上宰辅，我这颗眼珠子你随时都可以挖了去，我从此以后再也不相面了。"

"好吧，就当我相信你了吧。"

三三让我先回去，她晚点到家。

三三说的那个人，名叫孟安仁，三三出去了一趟，不仅把人的姓名、乡里、住处，甚至祖上三代都打听得清清楚楚，而且还带回来了一张庚帖，上面写着孟安仁的生辰八字，按着规矩，这东西只有定亲的时候才用。我的一支金凤钗，也不知道什么时候到了三三手里，据她说，已经送给孟安仁了。三三告诉我，我已经是孟安仁的聘妻了！我的乖乖，我一个女儿家，怎么可以受两家的聘？我被吓得话都说不出来了。婚礼的日子越来越近，家里也在忙上忙下，打点家具被褥、四时衣服、古玩首饰，整整十二抬的嫁妆，一抬一抬的，摆在院子里，来家里的人都喝彩，说："十一娘不仅天生丽质，而且这出嫁的妆奁，也是远近都不如的，谁娶了范十一娘，就算是一步登天了！"大家都喜气洋洋，唯有我，每天胆战心惊。

四更天就抬我走，现在只剩下两个时辰了，我赤脚跑到了我娘屋里。

"女儿，怎么半夜跑过来了？今天一整天不吃不喝的，可把娘急坏了。你是不是饿了？"

"娘亲，我不能嫁。"

"娘知道，你舍不得家。要出嫁的女儿，按规矩是要哭一哭的！"

四更天的时候，他们到我屋子里接亲，却只看到了我的尸体。我努力了一番，本来想把自己悬挂在梁上，但是怕踢凳子的声音太大，打扰了丫鬟们的好梦。最终，我用一条绳子把自己拴在了床头。死，来得这样快，感觉也就是一刹那，我就晕了过去。接着，我在一个暗沉的黑夜里走路，一个人走着。前面有一座城，发着亮光，我赶紧往那里走，那里大概会有不少人，我到了那儿，就不会感到孤单了。三三，我是因为你而死的。等我嫁到了申家，不知道会发生什么，我有金钗和庚帖留在孟安仁那里，他也许会来抢我。我是一个好端端的女孩儿，跟孟安仁和申公子，都只是远远地见过一面。可是他们同时存在，会构成一桩可怕的丑闻，我怕自己承受不住，所以先死为快。而这件事是怎样发生的呢？是因为三三。唉！三三真是太疯狂了，时至今日，我才终于明白：三三跟我，实在不同。她就像是暗夜里明亮的孤星，想要做什么，就去做什么。而我呢？我是一条河中顺流而下的莲花灯，我不知道自己要往哪里去，我只知道，我要跟其他很多莲花灯一起，顺着河水，顺着我们的命运漂下去……

我，范十一娘，十七岁，死了。

一盏孤灯在前面导引着我。我想要走快一点，却迈不开步子。两条腿沉重得像灌了铅一样。我心里发急，用力一蹬，那盏孤灯却摇晃了起来，让我看清楚那是一盏油灯。

"这是什么地方？"

我听见三三在说："这是孟安仁的家里。"

我心中越发焦急："三三，你怎么来了？难道你也死了？"

一个男人在说："十一娘，你们都还活着，你看看我吧，我是孟安仁啊！"

孟安仁告诉我，那一日黄昏，他一直沿着墙脚走，边走边哭，因为他收到一个让他痛不欲生的消息：十一娘死了！他不知道自己要走到哪里去，只知道自己也不想活下去了。他说，自己长了这么大，用功读书，百般努力，什么都比别人做得好，可是人们只看重家世和门阀，从来不会有任何人多看他一眼。直到有一天，在水月寺，迎面走来两个美人，美丽得平生所未见。他恨不得灵魂出窍，把身子扔在这里，让魂儿跟着我们走。到了晚上，其中一个美人到家里找他，告诉他说："另一个，便是范十一娘，她想要嫁给你！"直到后来很久，他都以为是个梦，不是真的。后来人家告诉他，范十一娘要出嫁了，嫁给城里最大的富人申公子，他捧着我的金钗掉下了眼泪，相思百结、泣血成灰，可是，他不怨我，因为那不过是他的一个梦，这支金钗是从梦里掉出来的。再后来，满城里都在说，范十一娘死了。没有人知道我为什么寻死。

孟安仁说，那一日黄昏，他边走边哭，现在他相信梦是真的，范十一娘也是真的了！从小孤寒的他，不相信一件好事真的会发生在自己身上，当他哭着走的时候，他怀疑是倒霉的他把霉运带给了我。

"这才是我命运的真相！我想要忏悔，想要打开你的坟，把自己也埋进去！"

是封三娘用不死之药救活了我。我现在可以嫁给孟安仁了。三三让孟安仁带我到什么村子里藏一藏，没有人会来找我。这支金钗成了我们过日子的用度。有我在身边，孟安仁越发勤奋地读书。

三三，是有不死之药的三三。她，并非凡人。也许，在送金钗给孟安仁的时候，她就已经安排好了后来的一切。她能看到未来，也知道怎样把握当下。我曾对她有所怨恨，后来才发现：她给我安排的命运，是我作为人类，在这世上所能拥有的最好的命运。

孟安仁高中了进士，接着被选为翰林，成了一名庶吉士。喜报传到乡里，直入我家门前，让我父母纳闷不已。那喜帖上写着，他是我家的女婿。正当这个闷葫芦让我父母百思不得其解，孟安仁穿得齐齐整整，到我家敲起门来。

我父母起初惊疑不定，他们无论如何也没想到自己能跟这位翰林扯上关系。他们之前从未听说过这位翰林的名字。然而当孟安仁原原本本把事情说出来时，我父母欢喜得发了狂。

我的父母找到了那个小村子，全家人关上了大门，享受这死而复生、失而复得、大悲大喜的快乐。我们不敢放声大哭，也不敢纵声大笑，事情过于离奇，传出去，谁又信呢？

又过了两年，那个申家，被人检举揭发，钦差大人来查，查出了一屋子赃，他们全家都充军发配了。那个我差点嫁给的申公子，据说，已经沦为乞丐，在边塞的街上跪地乞讨。我也告诉了爹娘，说三三其实是个狐狸精。从此以后，我家里便开始供奉狐狸精，世代如此。

三三……她走了。

三三临走的时候，只有我一个人在家。她对我说：

"十一，我要走了，从此不回来了。"

我赶忙拉住三三的手。

"我要同你一起走。"

三三定定地看了我一眼，像春风那样地笑了一下，让我突然想起人家把她比作夭桃。假如三三有十里柔情，这十里都是给我的；假如三三有似海相思，我就会在海中被淹死。

"说好了要在一起一辈子的。"我抓紧她的手不放开。

"谁的一辈子？"三三的微笑倒像是苦笑。"月满则亏，器满则倾，物极必反，道穷则变，聚的后来，必然是散。你不必为我难过，因为对我来说，在一起一天，跟在一起几十年，是一样的，都是瞬间。"

我就是那时一下子明白了三三是个狐狸精的。我抱住她，既然她大概能与天地同寿，何妨把短暂的几十年给我呢？与她比起来，我是朝生暮死的，为何不给我这一瞬间，让我做一生的好梦，让我在自己有知有觉的日子里，天天握紧她的手？我抱住的三三越来越僵硬，后来我发现，我抱住的只不过是家里那根雕刻了竹林的梁柱。三三，她离开了，不会再来。

春田诙谐梦

在我们镇子上，有一个出了名的败家子，他叫万福。这个人，他跟别的败家子，可有些不一样！别的败家子，我们看见了，都远远地躲着走，而这个万福呢，就不一样了，不管男女老少，都喜欢跟他调笑两句。有人特别喜欢拿他小时候的事打趣他。

"要不然您打我吧！把我吊起来打吧！再要不然，您把我头发薅光吧！再要不然，您用烙铁烙这屁股！"

这话，促狭的人总在万福面前重复着，还撩起衣服，装作万福小时候的样子。他小时候是顶不爱读书的，他爹是我们镇上数一数二的财主，只有他这么一个儿子，所以专门请了先生到家里教他。可他不长进，天天往戏园子里跑，先生得亲自到戏园子里把他薅出来。别的学生都害怕挨打，万福却一再央求着先生打他，甚至把烙铁递到先生手上。

"给，先生，这是烙铁，别说那么些话，直接烙就行了。"

说来好笑，万福跟这位先生，倒是天然的一对，说这位先生是万福的克星也不为过！

"我看你已经知道改悔了，那咱们就从轻处罚吧！我不打你、不骂你，更不会用烙铁烙你，只要你背过这篇《孟子》就行了。"

先生很和善地对他说。接下来，扒在学堂外偷听的仆役们，就都听见了万福的一声哀号：

"哎哟，先生！万福犯了什么大错，不过是逃了几天学，上戏园子里看人说书去了，既没有杀人，也没有放火，为什么让我经受这个！"

这个败家子，宁可被烙铁烙一下屁股，也绝不肯去读圣贤之书。这件事在我们这里远近闻名，没有人不笑他的。万福这个人，倒是除了不爱看书、爱逛戏园子，也没有什么旁的缺点，可人人都知道，万福家里，实在是需要他读书的。按照大清的律例，唯有考取了功名的读书人，才能免除赋税和徭役，而万家已经好几代没出过一个秀才了，每年都要承担大量的赋税。家里虽说逐渐认识到，万福这人，读书真的不行，可还总想让铁树也能开出一朵花来，这么不爱读书的一个人，硬是逼他读到了二十岁。终于有一天，万福经受不住这管束，跑得无影无踪了！

出了博兴县，便是济南府。到了热闹的济南府，万福连个下处都没找，就一头扎进了戏园子里。

"这可真热闹啊！济南府有这么大的戏园子，可够俺看的了！"

博兴县的人都知道，这个叫万福的，是永远不会犯愁、不会着急的！他只是嫌自己爹烦，嫌教书先生烦，嫌征徭役的人烦，一点也没想到老爹和先生之所以气急败坏，全都是因为他自己。

离开了老爹和先生的管束，万福在这济南府的戏园子里过上了醉生梦死的生活。当万福听完了一场让他酣畅淋漓的说书，扯着嗓子喊"再来一个"的时候，耳边突然听到一个女人唤他的声音：

"万福。"

"谁？谁喊我？"

可是没有人。万福东张西望了一阵，又回过

头看戏时，再次清清楚楚地听见了一声儿：

"万福？"

绿衫子，藕色裙，头上绾一个盘云髻，一张俏脸紧绷着，口齿边却存着点波俏的笑意。万福不禁眉开眼笑。

"咦，这位小娘子喊我？好像有些眼生。"

万福肯定自己没见过这女子，有些疑心是喊错了。那女子却点点头道：

"喊的就是你。"

"那可太荣幸了。您如何认得小生？"

"我是一个狐狸精，是你家老爹养在家里的，一路跟着你过来的，看你跑到哪里去。"

万福闻言，不禁一阵心慌，眼前都恍惚了。

如此这般，那小狐狸精心下仿佛明白了，唇边憋不住露出一抹笑：

"你害怕什么呀？到底是怕狐狸精呢，还是怕你爹爹让你回去？"

"当然是怕我爹叫我回去。你说你，好好的一个狐狸精，长得这么好看，为什么要听他的呀？"

万福一边说，一边伸手在狐狸精那张俏脸上轻轻拧了一下，接着，脚底抹油，拔腿就跑！

他听见狐狸精在后头冲他喊道：

"万福啊！老爷子让我给你带个话，你要是好好读书，考中进士，他就能当个封君了！"

万福边跑边回敬道：

"狐狸精啊，你也给老爷子带个话，他要是好好读书，考中进士，我就能当个公子了！麻烦你回去了赶紧送我爹上学堂念书考学去！"

为何世上只有"望子成龙"，却没有"望父成龙"？为什么所有的压力都让儿子来承受？父亲也没到七老八十，还可以努力上进嘛！万福窝着二十年的气，这最后一句话，万福喊得声嘶力竭。

出了戏园子，来到饭馆子，溜着后门子，跑回小屋子！万福跑回自己赁下的小屋子，这下可没什么狐狸精过来抓他去上学了！可是一进屋，他看见了他从济南府结识的友人孙得言。

"你怎么来了？"

"我来喊你去看戏。"

孙得言的话一出口，万福眉开眼笑。还没来得及答，他后头传来的一个声音把他吓哆嗦了。

"喊他看戏？你这是多此一举！他刚从戏园子跑回来，路上还跑掉了一只鞋呢！"

一个纤弱的着绿衫的身影摇摇地从万福身后晃出来，脸儿上连一滴汗点都没有，不红不喘，仿佛早就候在这里似的。万福越发相信她是狐狸精了。

孙得言却说："咦？是谁在说话，怎么看不见人？"

万福立即明白，这狐狸精刚才和现在用的是同一套法术：让人看不见她自己。如今，不明白为何她只对万福现身，却对孙得言隐身。这是为什么呢？万福想了一想，笑了起来：

"你大惊小怪什么？刚才说话的，是我娘子！我娘子是狐狸精，是我家老爷子给我娶的，所以你只能听见她说话，看不见她的人！"

万福晓得自己多半是自作多情，然而嘴上占点便宜偏偏是他所爱好的。孙得言听他这么说，自然是不信，嘴上不由得促狭起来（这世上的人，只要认识万福，没有不想拿他取乐的！）：

"我的乖乖！狐娘子，一听见你这娇音，我的魂儿都快没了，想必你是个大美人，为什么不显灵让我见一见呢？我都相思欲绝了！"

万福拿扇子敲着孙得言的头：

"哎哎哎，尊重点，我娘子就是你嫂子！朋友妻不可欺啊！"

那摇摇的美人偏扑哧一笑，在口齿上调侃起孙得言来：

"这位朋友，您姓孙吧？您既然是个读书人，我便奉赠您一个雅号：孙子。孙子想看你奶奶的模样，为的是给我画一张像，供在你家祠堂里吗？"

本以为父亲找来的狐狸精，势必像父亲一样

假正经，想不到这狐娘子倒是一个诙谐的人儿。万福心中暗喜，一来有人帮衬自己，跟孙得言斗嘴；二来他似乎闻到了那么一些"同道中人"的气息。

"你！你这个狐狸精很会说话啊！想不到你们狐狸这么没个正经！"孙得言也眉开眼笑地说。

这天下午，三人在小店的屋中大说大笑，无所不至。孙得言罚狐娘子讲一个狐狸精的故事。

"说是有这么一家客栈，什么样儿的客栈呢？大约就跟现在你们住的这个差不多，也是这么一间屋子，这里头突然有了狐狸精。"

说到这里，狐娘子掌不住扑哧笑了。万福把一只胳膊挂在狐娘子的脖子上，搂着她的肩膀，这在看不见狐娘子的孙得言看来，只是万福把自己摆出一个奇怪的姿势，这画面分外好笑。万福道："娘子，你在讲咱自己的故事吗？"他已经跟这个女人混得很熟了，感觉她也完全接受了"两人是夫妻"的说法，这让万福心花怒放。

狐娘子接着讲下去：

"自从有两个男人在这屋子里头，跟一个狐狸精说了话，这事儿就传了开来，远近都知道这家客栈里有妖怪，就再也没有人上门了！过了整半年，终于碰上了一个外地不知情的，到这里找客栈，店主人就拉住了他，他也住下了。可他一进门，就有人悄悄地告诉他：这家店里有狐狸精！这个客人呢，就很害怕，说要走，店主人不放。半夜三更，突然看见这客人从屋子里跑了出来，哭喊着："有狐狸精！我看见狐狸精了！"店主人冲进屋，却只看见一窝小耗子，在床底下跑来跑去。店主人就问：你看见狐狸精了吗，狐狸精长得什么样？客人说：我看见了看见了！小小的个儿、尖尖的嘴，又活泼又大方的，恐怕这就是狐狸精的孙子吧！"

孙得言起初还正儿八经地听着，听到此处，才发现又是在编排自己，不禁满脸通红，往地下啐了一口：

"你不挤对我，就不会说话是吧？"

但是他一转念，又忍不住喜滋滋地称赞道：

"狐娘子您这说书的本事，但凡往那戏台子上一站，保管满座儿！我听了这么些年说书，还没遇见过一个像你这么口齿灵便有捷才的！"

当天晚上，就在济南府一家客栈的矮房中，万福跟狐娘子做了亲。初经人事的万福揽着甜得像糖水儿似的狐娘子，恍然大悟：为何世人说男人都喜欢狐狸精。

日子久了，万福心下也有些明白：所谓"父亲鋆养的狐狸"，完全是子虚乌有。他是被这位狐狸精自己看上的男人。狐狸精看上一个男人，自然跟普通女子不同。普通女子是不敢表现出来，更不敢说出来的，狐狸精却可以随心所欲。反正，它有通仙的本事。万福想：万一自己被这狐狸精嫌弃，或者狐娘子一个不高兴，想离开他的话，只需要像对待别人那样，隐身不出就可以了。想到此处，万福又觉得：跟狐狸精相爱真是万般的惆怅。

可又能如何呢？万福不知狐娘子为何看上了他，自然也不会知道她何时会嫌弃他，既然如此，且珍惜当下吧！

自从见到狐娘子第一面，孙得言便忍不住天天跑了来。万福知道，他是来看戏的。幸好狐娘子从来不在他面前露脸，万福暗暗地想：如今孙得言只是看个热闹，万一见到了狐娘子的真容，恐怕要害起相思了！

孙得言成日喜欢跟狐娘子调笑，今日更与平常不同：

"我考考你，我这儿有一个上联，你给我对一个下联，要是能对出来，对得好，我就做东请你们喝大酒，把万福在济南府的狐朋狗友们都叫上，挨个让娘子您编排，把他们全都编排过来！"

大概是这些天被狐娘子编排急了，又死活见

不到狐娘子的面容，孙得言干脆想到了找外援这一招。

狐娘子笑道："那就谢谢孙子了！"

孙得言：

"我的上联是：妓女出门访情人，来时万福，去时万福！"

万福闻言拍起了桌子：

"好你个孙得言，你怎么也会编排！我的名字怎么跟妓女扯上关系了？"

孙得言一脸不怀好意，万福有些气恼，他恼孙得言用这句话暗暗讽刺自己家的狐狸精是妓女。的确，在我们博兴县和济南府，都是把窑子里的姑娘喊成"狐狸精"的！万福的恼还没有消，就听到狐娘子在那边拍手道：

"好，下联已经有了，您听好：龙王下诏求意见，鳖也得言，龟也得言。"

别人讽她妓女，她便讽别人王八。万福不禁哈哈大笑：

"孙得言！让你别惹我！你惹了我，我娘子厉害，可饶不了你呢！"

孙得言嘻嘻笑着说：

"虽然被骂成了王八，可这心里说不出地痛快。大概我也是被狐狸精迷住了。十五日酉时，就对门的万仙楼，我做东，把人都请上！"

"相公，给我拿本书来！"

"娘子怎么要看书？"此时凭着狐狸精的财力，他们已经搬到一栋像样的宅子里，万福奔来跑去，想在家里寻本书。"莫不是嫌我不成器，要亲自学习，替我考个进士？我得给娘子拿本我看不懂的！就这本吧——《文选》，人家都说了，文选烂，秀才半！娘子，这本行不行？"

"低，太低了。"

万福骇了一跳：

"啊？我娘子果然了不起，既然看不上这《文选》。我拿本高古的！这本汉代的《史记》，娘子看行不行啊？"

"还是低。"

"那这本《汉书》呢？"

"万福，你到底懂事不懂事，总拿这么低的书来糊弄我？"

万福快哭了：

"娘子啊，这《文选》《史记》《汉书》，都是最深最难的典籍，天下的人只要通其中的一部，都可以被称为饱学之士！娘子的才学！真的到了让我们渺小的人类无法企及的地步了吗？"

35

狐娘子打了个哈欠道："你说什么呢！我要睡觉，让你拿一本书给我当枕头，谁知道你拿的书都太低了！得了得了，把你拽过来给我当枕头吧！"

败家子万福到了济南府，本是为了图一时的痛快，逃避老爹的唠叨、先生的追踪和徭役的辛苦，他天天上戏园子里去，还结交了一大群狐朋狗友。有个狐狸精突然在他面前出现，说是他老爹派来的，把万福吓得不轻，一溜烟跑了，结果被狐狸精追到客栈里，在他的朋友面前上演了一出大戏。万福随口说狐狸精是他的媳妇儿，结果这媳妇儿却成了真。

虽说狐娘子是狐狸精，可在万福的眼中，却也跟平常的女子没什么两样。她穿着半新的藕色衣裳，梳着油光光的头，一双往上吊着的杏眼永远含着笑，成天一副喜气洋洋的模样，让人越看越喜欢。

万福暗想，狐娘子真的成了自己的娘子，可见这千里姻缘一线牵，各花自入各人眼。像他自己这样不成才的，竟然也有人喜欢。

日子久了，万福发现：这位娘子的淘气不下于自己。若自己是博兴县里的"淘气盟主"，狐娘子应该就是济南府里的"捣乱第一"吧！看来，这狐娘子，绝不可能是他爹雇来看着他念书的，因为她自己也不喜欢念书，肚子里没有半点墨水。他们两个在一起，也许正是应了那句话：破锅自有破锅盖……

眼看着十五日就到了，万福和狐娘子来到万仙楼，由孙得言做东，他们吃上了酒席。

"谁抽到瓜了？若是抽到的牌上有瓜，就喝这么一大杯，狐娘子，你抽到了瓜，你喝呀！"

桌上用的是一套瓜果桃李的酒牌，最是简易，可也最不耐醉，往往几轮下来，倒霉的人已经饮酒无算、玉山颓矣。万福暗想：狐娘子大概是他们灌酒的目标，毕竟清醒的狐娘子谁也不是她的对手，是个幻影人儿，万一醉了，许能现出形貌来让他们看看。

狐娘子笑道：

"我不喝，我讲个典故。"

众人早已听说狐娘子的歪辣品行，此时轰然笑道：

"狐娘子又要编排人了！"

有人说："多半又是编排她左边的孙得言！"

又有人笑："咱们好好地听着。咦，孙得言，你捂什么耳朵啊？"

孙得言在那里气着笑道：

"我不爱听！狐娘子什么都好，就是爱骂人！"

众人听到狐娘子在耳边清脆地说：

"我不骂人，这回啊，我骂狐狸精！"

于是都笑道："骂狐狸精好，你骂吧，我们听着。"

"从前，有个丁零当啷国，在海外很远的地方，国中从来没有过狐狸。有一回，有人贡了一张狐狸皮，这国王喜欢得紧，说：这么好的皮子，是谁的呀？使者就告诉他说：这是狐的皮！国王说：噢！狐啊，狐是个什么玩意儿？"

"狐，真不是个玩意儿！"孙得言赶紧趁机接了一嘴。众人皆笑。万福看见，狐娘子也掩了下口。可这千娇百媚的风姿，没有别人看见。

"那个使者就说，狐啊，这个字，在我们中国是这么写的：右边一个大瓜，左边呢，就是一个小狗!"

狐娘子虽在座上，无人看得见她，能看见的，唯有桌上放着一张画着瓜的酒令牌。瓜的左边，便是孙得言。众人哄堂大笑。

"我就知道躲不过……"孙得言吃吃笑着。

有两兄弟，一个着白衫，一个着青衫，皆肥头大耳、笑容可掬，看上去是善说笑的角色。白衫的那位叫陈所见，上前按住孙得言的脖子，往他头上敲了几个栗暴：

"哥哥！怎么着？好好的一个大男人，被个女人欺负得没有还嘴之力啊！她骂你是小狗呢！孙哥，你还不赶紧地报复啊？骂她呀，骂她呀！"

孙得言只是说："骂不过。"

青衫的陈所闻闻言高叫起来：

"哎，你说这狐狸精，是不是只有女的啊？不对啊，如果只有女狐狸精，它们怎么交配繁衍啊？想必这世上是有男狐狸精的。男狐狸精都上哪儿去了？也不管管这个女的！"

狐娘子只微微一笑：

"我还当左边只有一个小狗，结果有这么一群小狗，除了孙得言，你们陈家的所见、所闻两兄弟，叫得怎么比狗还欢！得嘞，我还是接着讲典故，刚才那个没讲完。这个使者啊，乘的是一匹骒子，那丁零当啷国的国王没见过，来问这是什么。使者说：这是马生的。国王大为诧异，说：这不是马呀！使者说：没说这是马，只不过，马配了驴子，就生骒子，也就是这玩意儿！骒子也能再生，跟马配也行，跟驴配也行，生下来的，就叫作驹驹。国王说：你骗我的吧？使者说：我如何敢骗大王？马生骒子，是臣所见；骒子生驹驹，是臣所闻！"

这天下午的欢聚，气氛就像马上将爆燃的爆竹，热烈中透着火星子气，每个人都心满意足，哪怕是到最好的戏园子里，也没有这般的好戏可看。陈所见、陈所闻两兄弟，被狐娘子编排了一通，不仅没有生气，反而喜得抓耳挠腮。其实啊，只要狐娘子乐意，她就会是这济南城中最为成功的说书人。

我们镇上那个不争气的万福，最终还是回到了镇上来，为的是继承那一大片田接着田、瓦连着瓦的家业。他将狐娘子带了回来，这一辈子，俺们这些老的小的，从来也没见过狐娘子一面。倒是有不少人，曾听见过她的声音。那听见的人说，狐娘子口齿清楚，声音细细的，说话有些躁急，却跟铃铛似的脆生，一口气能说上一大篇话。我却从没听见过，大约是我无缘。我甚为怀疑狐娘子的存在，毕竟古人有训：耳听为虚，眼见为实。

那一日的瓜棚下，俺在纳凉。却远远地看见一盏小灯在远处，慢慢走过来。是两个人在并肩走着，边走边说笑，可走到我身边时，却只有一个人了。从他自言自语的声音里，我认出来那是万福。

"你真能凭味儿就知道这是什么书吗？"

"拿过来让我闻闻！"

万福站住，从随身扛着的书箱里掏出一本书，递到空气里。那个女孩子的声音又出现了："这书一股子胭脂水粉的气味，还有些森森鬼气，敢是柳泉先生所作的《聊斋志异》吗？"

"说对了。换一本让你闻。"

"闻见兵器味儿了。这是兵书吧？"

"这是《三国演义》。你再闻闻这个？"

"我闻见屁了！"

女孩子大笑的声音像满天的烟云一样弥漫到整个瓜田，也令我禁不住莞尔。万福提着灯，背着书箱向前赶去：

"娘子，这是我昔年所作的文章啊！娘子！"

阿纤别奚山

中国的商人，有两种，一种是坐商，开铺子做买卖，就算买卖不济，好歹铺子是自家的产业；另一种，就是行商，凭着一点点本钱，把东西从东边倒到西边，再从西边倒到东边。

就在高高低低的山林之间，有这么一个山东高密的小商人奚山，他是一个行商，一年到头，有两百多天都是跑在路上。跑得久了，奚山悟出了一个道理：

本来在东边的，被他拿到了西边；本来在西边的，被他运到了东边，所以这世上有了这么个词儿——东西。

奚山运过的东西，自己数也数不清啦：布、大米、盐、油、酱、鸡、枣子……

在所有这些东西当中，奚山运得最勤的，是他自己。奚山自己，也算得上是一个东西吗？就说刚才那一阵雨吧，他让自己被雨淋，却赶紧拿毡布给那些货盖上。刮大风了，他拼着自己让风刮走，也得把车拽到避风的地方，再紧紧地用身子护着那一车货。在奚山运过的所有东西里头，奚山自己，是最不值钱的！

"你问我是个什么东西，你就叫我'一个贱东西'吧！你看，下完雨再走，天都已经黑了。深一脚、浅一脚，这摸黑的山路啊，真是难行！"

有一首诗，不知道是哪位诗人写的，奚山有一次在某个客栈的墙上看见了它，就记住了。之所以留下很深的印象，是因为用它来形容奚山的处境再贴切不过了：

"横跨溪山为哪般？小本经营潜悲酸。一阵秋雨身浇透，前路漫漫闷头窜。"

这回，终于又到了村子里，奚山拍响了每次来住宿的人家的大门。可惜，那户人家已经闭店不做买卖了，他们也没有让奚山进去。奚山正在懊恼间，身边突然出现了一位矮个子的老叟。他就像是突然间冒出来的，从奚山完全没注意到他，到这个人说话，仿佛只有一个瞬间。老叟跟他说了很多客气的、知情知意的话，体谅他们做买卖的不易，还盛情邀请他到自己家住一晚。

"奚客人，我家不远，你跟着我走，上我家里去住一宿吧！"

奚山跟着老人去了。一路上，老人嘴里唠唠叨叨，净是跟他扯一些家长里短，在奚山听来，这些话却很有趣味，不知不觉，便跟老人熟络起来。

"这不是我家到了吗！这就是我家，两间趴趴屋，没什么好东西，可是能挡个风、挡个雨，晚上睡着呀，屋顶不漏！你饿了吧？家里有吃的！就是凉的，这太晚了，老婆子和闺女起不来床啦，你就凉着吃吧，比饿着强！"

到了老伯的家，老伯仍是快活又嘴碎地絮叨着，并端上来一盘肉。这么好的饭食，虽然是凉的，也让奚山喜出望外了。

"这是凉的，不能吃，我给热一热吧。"

在他身后突然出现了一个纤细而温柔的声音，接着奚山又听到老伯在说："哎哟，我家阿纤起来了。"

阿纤是一个十六七岁的女子，长得就像她的名字一样纤瘦，她很美，看上去就像山中叮咚作响的小溪一样清澈。奚山的心不禁像小鹿一样乱跳。他赶紧正了正身上的衣服，用手理了理头发。

据说，阿纤昨夜纺织快戌时才睡，刚睡下没有一会儿，便又起来给他热饭菜了。

看到这个女孩，奚山感到踏实，也感到温暖。也不知道哪里来的勇气，让他不顾一切，跪倒在这位姓古的老伯面前。他向老伯求婚，让老伯把阿纤嫁给他。突然发生的这一幕，把古老伯惊呆了。

老伯一边扶起奚山，一边抓住了他的手。

"客人你常来村子里，我其实见过你许多次了，知道你是个靠得住的年轻人。要不然，也不会在今晚把你领到我的家里。你跟阿纤，可能真的有那种宿世的缘分，要不然，你怎么会凭着一面之缘，就求我要娶她为妻呢！"

古老伯竟然答应了奚山的求婚，这让奚山狂喜不已。第二天早上，奚山把身上所有的钱都放在古老伯面前，古老伯却拒绝接受。奚山说，回去以后，就会让人把彩礼送过来。

"客人，不，奚山，彩礼为轻，情为重！老伯知道，你是一个有情人。你在路上要有花销的，人家说，穷家富路，这些钱你还是留在身上吧，以免前路再遇到什么难事。只要你记得我家阿纤就好！"

古老伯说着这些话，恋恋不舍地，一直把奚山送到了村口。

当奚山准备好了聘礼，回到村子里的时候，已经是一个月以后的事了。他去敲古家的门，却没有人开。他从日中等到快要黄昏的时候，才怏怏地走上归程。他想：古家一家人去哪里了呢？他随身带着的聘礼，几乎是自己一半家当，这样充足的诚意，究竟还有没有机会呈现在古老伯面前？

正在此时，他瞥见了一辆驴车越走越近。这驴车，走到他面前停了下来。有一位老太太探出头来对他说：

"先生可是姓奚？"

奚山认得这位老太太，认得她是古老伯家的老婆婆。奚山按捺不住内心的激动。

"我是。那车上的人，可是阿纤吗？"

"我是阿纤的娘。车上的，可不就是阿纤。"

"太好了，想不到能在这里巧遇。"

他们叙起了家常，奚山急忙地问：

"老爷子呢？"

"唉，他已经过世了！"

这个突然的消息让奚山不知所措。他看着古家老婆婆一边哭，一边同他诉说当日和后来的情形：

"一堵墙塌下来，把老头子砸住了！老头子，没了。我和阿纤刚从坟上回来。我们想去找你，老头子一死啊，我们在村子里的日子就难过了！这边的人，都不大好，惯于欺负弱小。想不到我们还没动身，你就已经来了！"

奚山激动地扶住她，安慰她说："老爷子生前亲口把阿纤许给了我，如今该我接你们走的！"

车上的阿纤也在哭，奚山转头对阿纤说：

"不要哭了阿纤，人死不能复生，你们还有我，我会对你好的！"

阿纤嫁到了奚家，成了奚家的媳妇，两个人过了一段太平而幸福的日子，接着，奚山又要上路了。他是个做小买卖的人，家里也没有多少家底，如果不出去挣钱，一家人吃什么呢？临走时，阿纤给他带上了好多东西，还对他谆谆叮嘱：

"郎君，你明日要上路，这一坛子是路菜，里头有酱卤的十八味，都是重盐，不会腐坏，记得路上多喝水。这个荷包里有小块银子和钱，到了小馆子，买一些东西吃。这件大袄是冷的时候穿的，针脚扎得密，边上我还绷上了厚布，怎么也磨不破，夜里还可以当被子。今年值钱的是棉，那边的棉下得早，回来的时候就捎这，把车装满，别买别的，回来一定能发利市。"

阿纤是个贤惠的新娘子，是个把奚山照料得妥妥帖帖的女人，无论是在家里还是家外。阿纤好像又很会做生意，她给奚山出的主意和计较，总是那样好用。就算奚山不在家里，好像也笼罩在阿纤温暖的照顾中。

奚山在路上，一边行路，一边感叹，有这样贤惠的娘子，自己还有什么好愁的呢？

唯一让他有些惆怅的是古老太的嘱托，古老太说，他到了路上，一定会路过从前阿纤一家居住的那个村子，那是他必走的路。古老太让他见到了任何人，都不要说起他们母女。

奚山不明白这是为什么，可是他也照做了。

日子就这样过着。奚山经常出门，阿纤独自在家，照顾公婆，跟兄弟妯娌相处，谁都喜欢她。她虽然不爱说话，可是性格温和，跟谁也不生气。从早上到晚上，阿纤都在劳作，田里的活、家里的活，忙得一刻都不停，根本就没有时间跟任何人闲聊，也就远离了那些家务是非。

有这么一天，奚山从外面回来。他不顾任何人热情地同他说话，总是黑着一张脸。尤其是当面对阿纤的时候，眼睛也不去看他的妻子，仿佛有什么心事。阿纤从奚山的态度上，猜到了点什么。

果然，这天晚上，隔着墙，阿纤听到了奚山跟家里其他兄弟的一段对话。奚山忧心忡忡地问他的兄弟们，阿纤在家里有没有什么不对劲的地方。兄弟们异口同声，都只是说阿纤好。

"同样是秋收，同样是那些田，嫂子一个人打下的粮食，是我家的好几倍多！你家的库都塞满了，不信你看看去？"

本来是令人欣慰的回答，奚山听了，却沉重地叹了口气。在兄弟们再三追问下，他说出了自己的疑惑：

"老太太让我路过古家村的时候，不要跟人家说起她们，我就觉得这话里藏着不对劲的东西。果然，我到了那里，留神一打听，人家告诉我说，古家的那座房子，是一所好几年都没人住过的空宅！村子里也没有任何人知道古老头子跟他的女儿！那你说，阿纤一家，到底是什么？究竟是不是人呢？"

奚山不知道阿纤听到了他跟兄弟们的闲谈。只知道：第二天一早，阿纤就失踪了。家里到处都没有她的踪迹，连古老太也跟着不见了，只给他们留下了满仓的粮食和满架的布匹。她们一样家当也没有拿走，只留下了奚山心中的痛悔。

"也许我不该这样去想她。"日复一日，奚山心中越来越痛悔。

就这么过了两年多，再也没有人见过阿纤。他们以为：再也见不到阿纤了。直到有一天，那一天同奚山一起议论阿纤的兄弟们当中的一个——他的名字叫阿遂，他渐渐地长大了，也走上了奚山的这条路，成了一个小商人，只是，他走的路，不是奚山常走的那一条，他是往另一个方向做买卖的——来到了一个陌生的村子里。夜已经深了，村子里只有一户人家还亮着灯，织布机正在织布的"唧唧"声，从老远处就能听到。

"主人家好，我远来行商，错过了宿头，想要借住一宿！"阿遂上前敲门，对着屋里大喊道。

门一推就开了，织布机的声音也停了下来。那个织布的女人在屏风后劳作，阿遂看不到她的身影。一个亲切的声音对他说：

"家里人少，不能照顾，请客人自己取用东西，柜子里有现成的饭菜。"

阿遂感到心中的震动，因为他听出来了，这个声音是嫂嫂的。他按捺着内心的激动，道过谢，小心地打开了柜门。柜子里有许多卤菜，摆放得整整齐齐，还有做好的蒸饼。尤其是他看到了一道酱卤猪舌，那是嫂嫂以前经常做给他们吃的，自从嫂嫂走了以后，阿遂就再也没有吃过了。

阿遂吃着这些饭菜，织布声再次响起了。当天晚上，阿遂就住在这户人家的客房中。他心中盘算了一夜，等不到天亮，他便到主人家窗下，把心中的谜团隐隐晦晦地说了出来：

"主人家，你可认得一位瓜子脸、绝贤惠的女子叫阿纤吗？她是我哥奚山的浑家。约三年前，我嫂子跟我哥生了点闲气，走了以后，我哥到现在，天天都想着我嫂子，生意也不做了，时常出门找我的嫂子，只是没有找到。我如今也开始做生意了，每天就想着让我嫂子早点回家，我家里还过团团圆圆的日子，我哥就还是以前的我哥。主人家，你可愿意给阿纤带个话？"

果不其然，阿遂听到了主人家低低啜泣的声音。主人家回答他的这一番话，听起来像是在说另一个人，也是一些隐隐晦晦的话：

"我认得，阿纤就住在这个村子里，她已经过来三年了。阿纤的娘已经过世了，现在只剩下阿纤一个人了。我听阿纤说过，虽然阿纤有丈夫，可是丈夫总对阿纤起疑心，夫妻原应当同心，丈夫应当爱自己的妻子，阿纤是一个女人，丈夫就应当爱这个女人；阿纤是一只老鼠，丈夫就应当爱这只老鼠；阿纤是游丝败絮，丈夫就应当连游丝败絮也爱，你说是不是呢？"

阿遂忍不住大叫起来：

"嫂子！我确定了，你就是我的嫂子！嫂子，回家吧，我哥想你想得都快死了！我是你的兄弟阿遂啊！"

一番相认，夹着许多眼泪和絮絮叨叨的家常。阿纤决定跟阿遂一起走，一起回家。第二天，阿遂雇了大车，车上装满了阿纤的行李。阿纤还是那个聪明贤惠的女人，她在这里三年了，不显山、不露水，积下了许多家当。谷子已经粜出去了大半，还剩下二十来石，阿纤买了一辆五个骡子的车子，把剩下的谷子给牲口吃，就能把他们拉到家了。大车上装满了吃食、药材、木料、器具，都是上好的，阿遂的眼睛一下子就看出来，它们值得让他们风尘仆仆地搬回家去。

他们俩上了这辆大车，阿遂在前面赶车，后头坐着阿纤。阿遂越赶车，越高兴。他情不自禁地扬起了鞭子，口中说着：

"嫂子，我哥看见咱们回家，该高兴成啥样呀！"

其实，阿遂和全家人早就已经知道了：阿纤不是别人，阿纤是一只老鼠精。他们家真正知道了这件事以后，也就放下这件事了，奚山早就像阿纤说的那样：倘若阿纤是一只老鼠，丈夫就应当爱这只老鼠！

阿遂和阿纤走了这一路，阿遂唱

着一首儿歌，这首儿歌也从此传唱开了，到现在还有人会唱呢：

"枣儿小来鹅蛋大，三台布机一条纱。金银珠玉全没有呀，丰衣足食靠桑麻。五头骡子拉不动，今日老鼠来搬家。"

阿纤回到了奚山身旁，夫妻二人尽释前嫌，从此长相厮守，奚山和阿遂也不出去做买卖了。他们的仓里总是有粮，塘里总是有鱼，圈里总是有猪，树上总是有果实。他们总是早早地起床，成天劳动，晚上吃得饱饱地睡觉，他们一家人从此过着幸福的生活。

闲愁万种

男人，都是傻子！

我啃着一张鱼饼，在绿纱窗底下听人说话。

"士忱啊！如今天下大势，唯有盐城和裴晋公是中兴之臣啊！"

说话的这一位——俞慎先生，是富贵中的傻子。

"哼！这二位又怎么样，谁能比得上先朝的孤隐先生？君子慎独，盐城未必当得起'君子'这两个字！"

这一位呢，是我的亲哥哥，俞士忱，自从他跟俞慎交好，便把自己中间那个字去了，称呼为俞忱。他呢，也是傻子，是道德中的傻子。

"哎呀，喝酒喝酒！争什么争？如今天下是谁主政，跟我们有什么关系？我们又不是他们家的亲戚，也傍不上那个光。要说呀，倒是文山公跟我家里多少有点关系，虽然他现在不得势，可只要新皇一上台，那就不一样了……我赌文山公！"

这是韩荃，也是他们一伙的朋友，是俞慎哥的妻弟，雅娥姐那么温柔亲切，她弟弟却是个让人提不起来的家伙。这种傻子，好比是随波逐流的痴虫。

"你们说些什么，我全都不懂。我给你们唱个曲儿吧！"

"好啊！难得小孙又有了兴致。"

就听到那个人的声音唱："眼中花开尽没人知，眉上锁难得配钥匙，画春山描不出伤心事，闷葫芦打不开盖，绣鸳鸯绣丢了一半儿，野蜜蜂不来采花，守宫儿砂红到底，蚕蛹儿吐不出相思啊！"

虽是淫词滥曲，却也腔圆字稳。听他这般拿腔拿调地唱，恰跟青楼里的婊子一样，其他人笑作一团。

"好！好一首孤眠无伴、尼姑思春的曲儿！"

呸！好没正经。孙甲这种傻子，就叫色中饿鬼。

我在这里一边偷笑，一边暗骂，倒是勾出一个人来，是我哥。他对我说：

"素秋，你怎么站到窗外偷听我们说话？这么有闲，不如端几盘饺子来给我们下酒。"

"好啊，哥。"

俞慎哥也跟着跑了出来，看到这般情形，批评起我哥来："恂九，你怎么搞的？明明是素封之家，用的酒杯都是贵重的琉璃盏，吃饭都用银箸玉碗，请不起一个丫鬟仆妇吗？还让妹子亲自下厨操作。"

那不仅歌喉似婊子，连容貌也像一位红姑娘的"色狼"孙甲却说："不如我去厨房里帮帮妹子？"

"去你的吧！"俞慎哥笑骂道："茗烟，回去跟嫂子说一声，让她叫篆儿、草儿来帮忙。"

他们都以为我家里没用人。来到厨房，我咬完了鱼饼，拍了拍手上的碎渣，从柜子里掏出我常用的家什。

"来啦！来啦！饺子就酒，越过越有！在下是这家用的粗使老婆子张大，各位公子万福！"

一个婆子摇摇摆摆地走进我哥他们那屋。那婆子，长得丑，头上还簪一朵黄花，一看就是个能干嘴碎的。

俞慎哥惊呆了。

"咦，你是从哪里冒出来的？恂九，原来你家里有用人，怎么没见过？茗烟！回来，不用回家喊人了。"

孙甲却说:"不行不行,一个半老徐娘来端菜,简直是败坏了吃菜的胃口。"

正说着呢,一个美貌的丫鬟进了门。

"各位公子万福!在下是林儿,小姐让我来送瓶醋。"

孙甲喜得拍手道:"这个丫头好!漂亮!"

人人惊讶,我哥却道:"唉,妹子又胡闹了。"

韩荃附在孙甲耳边说:"你不要表现得太明显了,老实跟你说吧,我跟恂九提过亲,人家没看上我,如今就你生得眉清目秀,家里又广有钱财,正是俞家娇婿的热门人选,你别胡闹把自己的姻缘作没了。"

唯俞慎哥留心了我哥刚才那句话:"恂九,你刚才说妹子胡闹了,是什么意思?"

我哥自然什么也不会告诉他。

"采菊东篱下,悠然见南山。

游子痴妇想不开,黄昏独倚栏。

白云一片去悠悠,且莫管闲愁,

你倒是哪里有毛病,当年万里觅封侯。"

这是我常唱的歌儿,谁也听不清楚我唱的是什么。

我哥,俞士忱,字恂九,我们是金陵人。父母早就亡故了,我哥为着顺天府科考要比金陵容易,便央我同他一起到了顺天，买了一座宅子住着，还交往了一群读书的朋友，准备明年科考。其中，有位叫作俞慎的，同他同姓又投缘，简直比亲兄弟还要亲，连我这个妹子都落了下风。

这一日他们玩得尽兴，酒足饭饱之后，便走散了。唯俞慎哥没走。他来到后厨，找小丫头林儿。林儿正端着些东西，忙来忙去地搬运。

"林儿！我问你句话。"

听到俞慎哥的话，林儿一抬头，却似打开了什么机关，突然颤抖起来，口中无意义地吐着字："啊啊啊啊啊啊啊……"

她脸上似笑非笑，身体摇摆着，一双眼睛盯着俞慎哥直勾勾地看。

俞慎哥好生气恼："嗯？怎么如此无礼？这丫头怎么了？"他转头唤粗使的婆子，"张大，你过来，看看林儿这丫鬟。"

那张大原本在洗碗，此时回头一望，却一高一低地蹦跳起来，口中乱讲着：

"哇哇哇哇哇哇哇。"

这下可将俞慎哥纳闷坏了。

我从门后笑着出来："张大、林儿！不得无礼！快跟俞少爷道歉！"

张大、林儿二位，倒像是被按下了另一个机

关，一下子就恢复了正常："是！俞少爷万福，小的这厢得罪了！"

"没事，以前没见过你俩，张大，你来府里多少日子了？"

那张大发出铃铛的响音：

"当当当当当当当……"

俞慎哥急得转向林儿："这是怎么了？"

林儿却发出驴叫："咴咴咴咴咴咴咴……"

小小一间厨房，被她们俩吵得屋顶快要掀翻了。我赶紧说："慎哥哥，别跟她们俩一般见识，都是些粗使的，不懂礼数，值不当您亲自过问。您过这边来。我给您倒一杯茶。行了！坐下来喝茶吧。您回头看什么呀？别看啦！"

我哥跑过来拉走了俞慎哥。在他们身后，我忍不住大笑不止。俞慎哥一再回头，我确认他看见了：那两个仆妇丫鬟越来越薄，最后变成了纸片儿，被风吹走了。

"慎哥哥，对不住，这只不过是闹着玩的把戏，小时候跟街上的师傅学的，吓着您了！"我隔着窗，对他喊了句话。

没错，我是会点小把戏。比如，把纸片儿变成人，再给她们灌进去人的意志，让她们会说话、会行动。只是这纸片儿人，不像真人那般会随机应变，倘若问一些她们不会的问题，那她们就会出岔子！

天下开始大比。我哥跟俞慎哥，邑考、郡考、道考都是名列前茅，尤其是俞慎，连连夺冠，很快成了远近闻名的才子。放榜的那一天，他俩一起饮酒，两人都觉得：自己考中进士不在话下。

可是发榜那天，他俩却榜上无名。

起初我哥还装作无事，可逐渐支撑不住了，夤夜恸哭。俞慎哥虽也难过，可是并没有像我哥那样想不开。俞慎哥并不知道我哥这样地痛苦。毕竟，我哥哥那种人，白天是不会哭的。

男人，都是傻子。我的哥哥，更是傻子。我哥原以为自己会夺魁，就算是中一个榜眼或探花，他也会觉得心有不甘的，谁想到连最低的一名也没有中，一气之下，他便没了气，躺在了棺材里。唉！为了一场考试，把自己的命都断送了。

慎哥收养了我，我成了慎哥哥的亲妹子，慎哥哥说，要管我终身。慎哥哥，也是傻子，一个人的终身，岂是另一个人管得了的？

在他们的安排下，我要嫁给孙甲了。我早就知道会有这天。在慎哥哥的交际范围里，我能嫁的两个人，无非是韩荃和孙甲。韩荃贪财，而孙甲好色，慎哥哥同他们认识多年，竟然都看不出他俩是什么人。也罢，既然非要把我嫁给孙甲，那就嫁吧。

婚礼的当天，我已经进了洞房，孙甲却还在外面，猜拳行令、玩他喜欢的丝竹弹唱，玩得好不热闹！最可笑的是，还有几个妓女来参加我的婚礼。

"今天是孙公子大喜的日子，新娘子都已经进洞房了，喝完这杯酒，公子也该进去了！新娘子都等急了！"

被称为我的丈夫的，那个孙甲，早就灌进去了不知道多少斤黄汤。他的舌头都大了起来。

"好，进……进去。我娶的，是素秋妹子，早就见过好些遍了，姑娘是真好，会读书、能认字的大家闺秀，就是面容不如堂子里的这些姑娘美丽。让她再等一会儿吧……"

这话说得——可真够能耐。连妓女，都要听不下去了。

"我啐你了！你这人怎么回事？把自己的一个原配大房太太跟我们这些人比，可不是拿天来比地？"

有人解围道："他喝醉了，他的话，不能听的。你们都散了吧。"

这就是我的那个傻子丈夫孙甲。我喊过来孙甲家里的家生丫鬟婷儿。

婷儿这丫头长得丑，身材亦是粗笨。听说，从前是在灶上做事的。我一眼就看中了她，让她到卧房服侍我。孙甲的娘对我的意思仿佛了如指掌：常年待在我们卧房里的丫头，唯有这样丑，丈夫才不会在她身上动念头。

"偷情要偷有情人，买肉要买后臀尖。摸奶要摸蒸饼奶，亲嘴须亲红嘴唇。"

孙甲进屋的时候，依旧唱着小曲。一脸谄媚之状，简直看不出是刚才左拥右抱的样子。

"娘子！素秋，我的好娘子，为夫回来了！素秋，我的素秋……"

我嫁给孙甲的第三个年头，孙甲早已花天酒地、夜不归宿，在一个深夜，我接到了俞慎哥家里寄来的急信，说俞慎哥病重，让我火速前来。我急急地上了轿，轿子走到荒野，四处黑咕隆咚。突然前面出现了两支巨大的、通红的蜡烛，照得夜间如同白昼。轿夫们正在高兴，却发现那是一只巨蟒的眼睛，他们被吓得四处逃窜，这巨蟒张开大嘴，一口就把我吞下去了。

听到我被蟒蛇吃了的那天，俞慎哥在家里吐了血。

那封信，原不是慎哥哥写的。我家慎哥哥，原本在家里好端端地坐着，哪里也没去，什么也没做，所谓的慎哥哥得了急病，本就是假的。这是没有的事儿。我被蟒蛇吞了以后，这事情才传到慎哥哥耳朵里，慎哥哥怒气攻心。我，素秋，原本是金陵一个普通的女子，我有一个人人都喊他是才子的哥哥。我的哥哥死了以后，俞慎哥对我比所有亲人都好，他说，我在世上孤苦伶仃，需要他的照应。可其实，需要照应的，不正是这些男人吗？男人，个个都是傻子。

有天晚上，慎嫂子陪着俞慎哥在灯下端坐。忍不住又劝慰他道："官人，素秋妹子在野外被蛇吃了，已经过去好几个月了，咱们全家都没有缓过神来，可这日子，还是得过下去啊……"

我就是这个时候敲门的。

"怎么有人敲门，我去看看是谁来了？"

我走进去，带着一脸笑：

"是我来了。慎哥哥，你可以不必难过了！"

故事讲到这儿，你差不多也能猜出来了：我，素秋，是不可能被那条蛇吃掉的，那条蛇，不过是我的幻术。我，素秋，精通在这人世间制造幻术。什么是幻术呢？看着是真的，其实却是假的。纸片剪出来的丫鬟仆妇是假的，旷野中的巨蟒是假的，我给婷儿画上眉毛，她就被孙甲认作是我，其实，不过是"冒牌货"。婷儿从头到脚没有一处跟

我相像，却被孙甲涎着脸，当成是我。我在旁边看他发痴。常觉得好笑。

大概是我精通幻术的缘故，才比任何人，都更关注事情的真相。

孙甲，是个好色之徒，越是好色的人，越是薄情。

韩荃，是个贪财之辈，贪财的人，倒有个把长情的，拼了命地爱钱，这份认真也让人动容。

韩荃，打我小时候就爱我，后来，我却嫁给了孙甲。这韩荃就拼了命地挣钱，把自己挣成了豪富之家，买了好几个绝色的妓女，又拿了五百两金子，去跟孙甲买我。这就是那天半夜我接到急信的原因。

你若要问：这韩荃，是真的爱我素秋，你到底感动不感动呢？我恐怕要大笑一场了。我让自己被蟒蛇吃掉，就是为了看世人的热闹。

贪色的，被色所吞；爱财的，千金散尽。正如我的哥哥，在一场考试中倾注了半生的心血，最后死于这场考试。或者好色，或者贪财，或者爱功名，或者重义气，被这一个执念，苦苦拴了一辈子，男人啊，都是自以为聪明的傻子。

我素秋，才不傻呢！

弃儿不弃

在一座快要倒了的破屋里，一个男人正在骂一个灰头土脸、状如脏猴子的小姑娘：

"你别去端那个碗，那个碗是弟弟的。你要是想吃，明天再吃！"

那小姑娘名叫侯狗儿，一双眼睛透着气愤的凶光：

"你说什么呢！明天？让我明天吃，可我今天就饿了！"

男人拾起地上的一块土，向小姑娘走去，仿佛要把土扔到她头上。

"你给我趴边儿上去！敢碰那个碗，我这就打死你! 破丫头片子, 饿死鬼投胎的, 天天都要吃饭!"

侯狗儿三下五除二扒着碗里的饭, 还没等男人走过去, 就已经吞下去了半碗, 被男人劈手夺了去, 于是破口大骂:

"你这老东西放什么屁呢! 谁不天天吃饭? 就你这个没用的拉大车的破玩意儿, 让你亲闺女两天吃一回饭!"

"这什么闺女, 看我打……"

"你打我我也得吃!"

"我这就把你……"

"我看你能把我怎么样!"

两人围着一只碗展开了争夺战。旁边的小儿子已经吓呆了。歪在墙边炕上的老婆也说不出话来。此时却有人敲门。

"这是侯狗儿家吗?"

气急败坏的男人出去应门, 同时冒着一碗饭被拨精光的危险: "什么侯狗儿家, 这是我侯贵生的家! 狗儿是这个王八蛋女孩子!"

外头竟然站着许多衣着鲜亮的贵人, 把侯贵生吓了一跳。"咦, 狗儿, 你在外头惹祸了? 怎么这些老爷来家里找你了? 你惹祸了是不是? 你们把她捆起来抓走吧!"

那些贵人却齐刷刷拜了下去: "狗儿万福! 侯

老爷万福！"

"你们喊我侯老爷？你们这些老爷别是搞错了……"

"侯老爷客气了，小的们不是什么大人老爷，不过是云萝公主家的仆役，奉公主之命，前来下定：聘定侯狗儿为公主第二个儿子——小郡王的妻子。"

"什么？跟公主结上亲家了？"

"公主还传谕说：一个女孩子，名叫狗儿不雅，从今日起，赐名胜虎！"

几个贵人走上前，恭敬地将礼物摆出来，摆了半屋子，净是一些米面粮茶、瓜果梨桃。侯狗儿跳起来抓过一只梨，狠命咬了一口。

"胜虎？比老虎还狠？哎，大人老爷，我这个闺女是个什么货，你们可能不知道吧？她不是个东西啊！她不是赛老虎，她是疯狗啊！公主是不是搞错了？"

侯狗儿在一旁用巴掌脆生生地猛敲了一下自己爹的头。"人家没搞错，人家进来的时候就打听的是侯狗儿，没打听你侯贵生！我就是侯狗儿，叩谢各位老爷，听公主的话，我现在就是侯胜虎了！"

那些老爷贵人道："呈上胜虎的四时衣物，以后按月发放米面粮茶。"

侯胜虎转头推了自己老爹一把："你这个老不死的，还不是要靠我嘛！我现在有钱啦！"

拉大车的侯家，众所周知的精穷，侯贵生拉车懒、好喝酒，老婆成天有病，家里入不敷出。有人说，在孩子的名字上，寄托了父母的希望，这家的女孩子叫狗儿，父母大概希望她到街上吃点屎就能活下去；男孩子却叫侯鹏程，父母对他的希望大得很。到后来，侯贵生对女儿的虐待，甚至到了要求她隔天吃饭的程度。在饥饿和委屈的双重驱使下，狗儿长成了一个远近闻名的刺儿头，打不怕、骂不服，还经常跳起来反抗自己的父亲，跟自己的弟弟抢饭吃。这天，奇怪的事发生了。有一队衣着煊赫的大人老爷们，涌入了侯贵生的破屋子，留下了不少的衣服粮油，给侯狗儿下了聘，说是要请她当云萝公主的儿媳妇。这是万万想不到的天降横福啊！公主，为什么要到民间这样不体面的人家，聘一个声名狼藉的女孩子呢？

只有云萝公主自己知道。

她端坐在一张榻上，身边环了四五个丫鬟，皆闭口低首，大气也不敢出。云萝公主道："把他带进来吧。"

几个人带进来的，是个白脸少年，十六七岁的样子。一进来就跪在地上喊娘。

"我的那件点翠嵌宝的凤钿，你看见了没有？"

"没有啊，娘！不是我拿的！"

"不是你拿的，却是你偷的。"

"冤枉啊，娘，我一个堂堂的小郡王，为什么要去偷东西啊？"

"弃儿，你知道自己为什么名叫可弃吗？"

"知道。娘不疼我，所以我可弃。"

"你错了，有哪一个娘不疼自己儿子的？只不过你娘跟别人不同，世上大部分的娘都护短，儿子就算不好，也觉得他好，你娘却是公道的。你一生下来，我就知道坏了，这样一个儿子，不如扔了的好。是你爹舍不得扔你，才把你养大的。"

小郡王名叫安可弃，此时瞪圆了眼，"扔就扔！扔了我吧！我可弃，我本来就是可弃！为什么别人的娘就护短，就我的娘不护短？你还配当一个娘吗？呸！还想生下来就杀了我，你杀呀！反正你是公主，人家说，你还有什么法术，是什么神仙，你杀我不是很容易的事吗？来呀，来呀！"

"越说越不像话了。"

"有什么不像话？难道只有娘可以说儿子，儿子就不能说娘吗？难道只有娘能打儿子，儿子就不能打娘吗？你说我生下来就该把我杀了，好，既然你没杀，那你就等着吧，等我长大了有了力气，我杀你！"

有个从宫里带出来的老内监尖着嗓子喊道：
"哎呀天哪，说这话可是大逆不道啊！二公子，还
不快跟公主赔礼道歉?！"

安可弃道："赔什么礼，道什么歉?"

云萝公主一笑："好，我等着。你们把他带出
去吧。"

安可弃出门之后，屏风后的人便走了出来。
云萝公主笑道："你们都看见了吧? 我特地让他进
来给你们看看。他小的时候，我就让你们把他扔
了，你们还不信，现在知道是个什么货色了吧?"

她的第一个儿子安大器说："娘! 器儿自幼习
圣人之学，圣人曰：有教无类。道德文章，原本就
是为了教化那些冥顽的民众，让礼义去感化他们，
让他们守成知礼。孩儿跪下来恳请母亲，千万不
要放弃弟弟，交给孩儿好了，孩儿每天带他去读
些圣人的文章……"

"器儿! 你这真是书生之言。不顶用的!"

云萝公主非同凡人，有未卜先知的本事。她
生下的第一个孩子叫大器，生下来的时候公主就
知道，他未来是国家栋梁。第二个孩子呢，就是
这个可弃，公主说，这个孩子的本性是豺狼。

说起养孩子这件事，每个孩子都好似跟上天

赌运气。有的父母聪明伶俐，生下来的孩子既呆且痴。有的父母廉洁奉公，孩子却贪如豺狼。也有那看上去不成样、提不起来的父母，偏偏生下聪明俊美、钟灵毓秀的孩子，养孩子费的那些功夫，都得到了百倍的回报。同样的父母，生下来的每个孩子，心性和才能也都天差地别，所以有人说：龙生九子，各有不同。

哪怕是云萝公主这般既富贵又有半仙本事的人，也管不了自己的孩了长成什么样的人。

为什么公主要到贫贱的侯家下聘？公主给侯狗儿改名侯胜虎，大概是希望她长成比母老虎还凶残的女人，将来反制这个狼性十足的儿子。秋月春风年年有，端午重阳喜人过。一转眼啊，这俩孩子都长大了。择吉成礼，做了夫妻。

人们皆说：不该这孩子一出生，就给他起名"可弃"。也许，坏就坏在这名字上了。

名字上寄托了大人的期待，"可弃"这名字，就是父母在精神上抛弃了他。他常年的气愤不平，也是有原因的。

他的哥哥偏偏名为"大器"，公主之家，竟然如此厚此薄彼。

倘若我们说，父母和哥哥让他从小受到很大的委屈，他才变成了这样，似乎也不符合实情。

因为安可弃淘气的花样很多，绝不是一个平凡的大脑所能想象出来的。别人对他有一百件好，他通通不记得；若是有一件不好，从前的一百件全部推翻，立即成了深沉大恨。就算别人用心去待他，一心一意盼他好，也不会得到他的亲近。一切好意思，都会被他曲解成坏意思。

堂堂郡王，竟有盗窃癖，连公主参加大典要戴的花钿，都被他偷出去卖了。其他吃喝嫖赌的不端，更是不在话下。

倘若儿女是这种人，痴心的父母往往要操碎了心。云萝公主却从一开始就看到了最后，所以也不肯在这个叫"可弃"的儿子身上有半分用心。安可弃最恨自己的母亲。

"二公子磨刀呢！"

"从小就要杀这个、杀那个，这回，又要杀谁呀？"

"说是今天晚上，要到大公子房里去，杀了大公子。"

"哎哟！大公子又怎么了？从小对他好，什么都让着他。"

"这不是这回分家产，把好的都分给大公子了，他捞不着嘛！"

"可不能把家产给他！几天就霍霍净了！"

安可弃一早就磨光了刀，并且为了磨刀，摆了很大的仪式，让公主府上下都知道了他在磨刀。

"杀了他！杀，杀！杀了安大器，从小人家就夸他，说他必成大器，有什么了不起的？"

众人皆叹息。早有人飞快地跑去汇报给安大器——那个相当成器的郡王了。

安可弃半夜拿着刀，杀进大哥的屋子里来。他一闯入黑暗的屋中，屋里顿时变得灯火通明，所有人严阵以待，他的大哥坐在屋子的中间。

"弃儿，你要干什么？"

"嗨！我不是，觉得你不怎么样，活着也是一种浪费，所以就准备杀了你，替天行道嘛？结果你们全家都不睡觉，大半夜的打扮得严严实实地坐在屋子里，一看见我进来就点上了灯。这屋子里十来个侍卫都带着刀，我恐怕是打不过。撤了撤了！别往心里去哈。"安可弃笑着，收刀准备出门。

"前日已将百亩良田交割清楚，给到了你的夫人侯胜虎手里。胜虎喜极而泣，说这下好几辈子都够吃够使的了。"

"你们就知道骗骗那个婆子。一百亩田够干什么的？那些宫室庄园、名人字画、翡翠珍珠、名彝宝鼎都上哪儿去了？我怎么一个也没见着啊？

你们给我找了那个婆子，就是为了今天吧？"

安可弃提着刀出了门，安大器在后面问："你干什么去？"

"回家杀老婆！"

"侯胜虎！你也不撒泡尿照照自己的嘴脸……"

安可弃提着刀便进了门，却看见侯胜虎举着一把顶小的刀，正在床上杀儿子，把安可弃吓得清醒了。

当初侯胜虎被公主娶进门，安可弃不肯与之同房。侯胜虎带领一队丫鬟，挑了他的脚筋，把他压到床上，才有了这个儿子。

安可弃平日里并不看顾这个儿子，此刻却也看不得侯胜虎杀人。

"你个娘们，把刀放下来！"

"你说放就放啊，你手里还拿着刀呢！"

安可弃从来就知道，这个娘们干得出任何事。床上的婴儿大哭不止。

"别哭了！哭你妈个逼！你爹来杀我了，杀完了我你也活不成，干脆我先把你宰了，再去跟你那个狗爹拼命吧！"侯胜虎满口污言秽语地说。

"贱人，你来杀我呀！杀儿子算什么本事？"

"杀儿子容易，我一刀一个！杀你难，我先拿儿子练练,练好了再杀你不迟。我这就……"侯胜虎高高地举起了刀。

"别杀!你个婆娘,虎毒不食子!"

"我可是叫胜虎。"

"胜虎,我错了。你把刀放下来吧。"

"哟,你错了?错在哪儿?"

安可弃又暴躁起来:"我安可弃今生今世,从我的嘴里还没说过这三个字呢,我都已经说了我错了,你还不把刀放下来,妇人要三从四德……"

侯胜虎大喊一声,便骑在了安可弃的脖子上:

"三你妈从四你妈德!我就是你妈,你就是我的孙子!我今天不弄死你我就不姓侯,别想夺我刀!我现在就拿你的脖子血祭一祭这刀!"

安可弃费了大力,才从这女人的手中挣脱出来,玩命地往外跑。

"别跑!你给我站住!再往前跑一步我就砍你后背,给你劈个血窟窿!我侯胜虎嘴里没一句瞎话……"

那一日,少年安可弃号称要杀母亲,从房里出来后,云萝公主就安排下了:

"你们去歪拐子街别别巷,这个地方要是不知道,就问一下咱们府里看大门的老李,他知道,他有个亲戚在那一片儿住。那是城里最脏最穷的地方，进了巷子的第三户人家，就是一个破麻席片子支的棚，漏雨的，进了院子，看见一个蓬头垢面的丫头，叉着腰骂她的爹，那就是我要的人了。她叫侯狗儿。你们去下聘，把这个侯狗儿说给可弃当媳妇，按月给她家点钱和粮食，别给太多，让那丫头饿不死就行。快去办这件事。只有这件事，能救我的可弃终身了。当娘的，谁不疼自己的孩儿呢？就是生了一个虎豹狼虫的孩子，也盼着他能改！"

到了今天，人人都知道公主的深意了。为了对付这个暴力型选手，公主为他安排了一个武力值远胜过他的。这段关系虽然以婚姻的形式存在，其本质却是比武；这俩人名义上是夫妻，实际上是对手。

过了几日，大公子来后院看二公子，却见到安可弃坐在家中的一个角落里，眼睛红红肿肿的。

"有些人看着像人，其实连禽兽都不如！根本就不讲理！狗还不咬自己家里的人，有些人就像是疯狗！一点礼义廉耻都没有！"安可弃对自己的哥哥说。

闹了半天，才知道说的是侯胜虎。这几天，他被逼着把东边水缸里的水挑到西边水缸去，又把西边水缸里的水倒腾到东边水缸中，一天吃不了三顿饭，还只给吃糙米。肩膀被压伤了，竟无人给他涂药，第二天，仍旧让他去担水。如果他不去或者想要逃，家里就有夹棍等着。

安大器叹息着，问他打算怎么办。安可弃不吭声，安大器便对他说："如果觉得弟妹不好，你就休弃了她……"

"嘘!"安可弃急得头发都竖起来了。"你这个王八蛋，安大器，从小你就不是好人，从小你就欺负我，你想让我老婆害死我吗? 你给我滚、滚、滚!"

云萝公主说，可弃的命，活不过三十岁，就会在街上被乱棍打死。

云萝公主说，打他的人，会先用麻袋蒙住他的头，所以他至死，都不知道谁打的。

可云萝公主却知道: 那几个人，就是东街的王昭、西街的付攸、羊市的海明三个，他们本来与安可弃结伙，后来却为了一个名叫倩蓉的妓女，跟他结下了仇恨。

然而可弃从未认识过什么王昭、付攸和海明，也不曾去过花红院，更不认识妓女倩蓉。他的老婆侯胜虎将他禁足于家，每天在他身上施以横棍。

安可弃平稳地活过了三十岁，又活了很多年。

侯胜虎掌管着可弃的财产，家里有说不完的

金珠琉璃、翡翠古董，可她通通不认识。她只认识田地，最爱买田。她的一生最爱喝玉米末的稀粥，并且让安可弃一生也只吃这些东西。

她还生了五六个孩子，都是儿子，其中四个在军中任职。起初安可弃只是打不过侯胜虎，后来则是打不过家中任何一个儿子。

家中任何一个儿子，从生下来，就学会了打自己的老爹。

到夫妻俩过八十岁寿辰的时候，云萝公主早已仙游了很多年，他们俩领着一大家子人，为云萝公主修了一座庙，这庙的名字便叫"打儿祠"。

哀情公子

　　在那远山氤氲之处，有安幼舆最喜欢的一个
女子。他曾经让人持着厚重的聘礼，翻越这一重
一重的山，去寻找她的家。安幼舆告诉仆人们，
她的家就在入山二十多里的地方，门前有一条种
满槐花的路，房后有枣林。他盼着就在那座山村
的大宅院里，她的父亲，收下羊和酒，以及红定，
把她聘与自己，让那个女子成为自己的妻子。可
是，仆人们在山里找了四天三夜，把这里的山都
转遍了，还是没有找到她的家。

　　后来，人们都传说：安幼舆是迷瞪了，他从来
不认识那个女子，一切都是他幻想出来的。他只

是进了一趟山，在山里闻到了什么香，看到了什么景，回来就成了这个样子。

"公子，您所说的这个女子，真的有吗？童儿只是听您说过，可从来没听说别的人也见过她。会不会是您……记错了？"

有大胆一些的仆人，隐晦地问他这件事。

安幼舆却笃定地说："真的有！她的名字是：花姑子。"

那天发生过的事，只有安幼舆一个人知道，因为那天，他是一个人独行的。

"请问老伯，距离前面的灯火，还有多少里地？"走得又累又倦的他，好歹遇上了一个活的人。那人回答他说：

"公子，你是要到前面有灯火的地方投宿吗？哎呀，我告诉你啊，可去不得！"

"我来华山游玩，此时迷路了，天已全黑，看到那边有灯火，想必是一个山村了！"

"什么山村呀！"

那位老伯连连摇头，唉声叹气，他说那里不是什么好地方，却不告诉他究竟是怎么回事。他看到安幼舆的确无处可去，便提议说："公子，你随我走吧。我家里虽然不大，但是也有几间茅屋，可以给你住一宿！"

安幼舆就是那个时候，在那个地方，遇上那个女子的。她，便是那个老伯的女儿。当安幼舆跟着老伯走入他的茅屋时，一眼便看见了那个美丽的姑娘。为了招待客人一餐饭，她在煤炉边拨着火，头发油黑，炉火映着她美丽的脸庞。老伯告诉他，他们家姓章。那这便是章家的姑娘了。

安幼舆喝茶时，听见老伯交代他的妻子和女儿的话：

"老婆子，这位公子不是别人，而是咱家的恩人。你去做点好吃的，再把咱家最好的酒拿上来！花姑子啊，你去烫酒，这位公子不是外人，你们俩要照顾好客人哪！"

安幼舆听不懂，他是这家的"恩人"，这话到底是什么意思。却听见老太婆回答说：

"把恩人交给我就好了，你放心地去看家里的牛吧！"

趁着花姑子去烫酒，安幼舆跟老太婆打听起他们的女儿。

"家里没看到别的人，这个姑娘是您老两口的独生女儿吗？"

"可不是嘛！"

安幼舆禁不住地夸赞道："她可真是秀丽又聪慧，一点也不像生在这小山村的人。"

安幼舆羞涩地问起："她可曾许了人家？"老太婆诚实地回答说："不曾"。正在此时，远处传来了花姑子的一声尖叫。安幼舆三步并作两步，跑进花姑子所在的厨房，他看到的情形是：酒在火上沸腾，火苗蹿了上来，随之进来的老伯用钩子把酒壶提下来，将火扑灭，才算是有惊无险。花姑子在一旁，吓得花容变色。老伯抓起她丢在地上的一把玉米秆，她用这东西做了一个紫姑神，还给它缝了一件袍子，已经快要做好了。她的手工精致秀美，那个紫姑神极为漂亮，简直就像是她自己的化身。

　　"头发这么长的一个大姑娘了，还做这些小孩子做的事！咱们这位恩人，刚才还夸你秀慧，现在就看到你这个样子！你羞不羞啊？"她的父亲呵斥着她。

　　安幼舆在旁边劝解道："老伯，不要说她了！光看这个紫姑神，就知道花姑子果然是秀慧！"

　　这夜晚的灯光足够温暖，屋子里的炭火生得很旺，安幼舆吃了顿丰盛的晚餐，这一家人的笑脸让他觉得亲切，可安幼舆万分肯定：他们是他生平所未见过的人。如果他曾经远远地看见过一次花姑子，他怎么会忘了她？这"恩人"之说，是哪里来的呢？

趁着四下无人，安幼舆赶紧向花姑子吐露心事。

"花姑子，你的母亲说你还没有许人，我回去以后，就让人来你家提亲。你说，你的父母会答应我吗？……你怎么不说话？万一他们不答应，可怎么办呢？自从看到你的仙容，我像是中了魔……"

一时间，不知道哪里来的勇气，他握住了花姑子的手……她用明亮的眼睛狠狠地白了他一眼，一把甩开了。

"郎君请自重。"

"你不喜欢我吗？"

"什么喜欢不喜欢的，把手放开，不然我挠你。"

"那我也不放。"

"那我真挠了！"

一记耳光上去，安幼舆的脸火辣辣地疼。

"打我干什么？不是说挠吗？"他摸着脸，红着脸说。老叟推门走了进来。

"又出什么事了？"

想不到花姑子替他开解道："没事的，父亲，刚才酒又沸腾了，要不是郎君反应快，酒壶都要烧化了！"

安幼舆就是那样认识花姑子的。后来，求亲的队伍回来了，他们说，山里所有的村子他们都找遍了，没有姓章的，一户也没有。他不相信他们的话，自己又去找了一趟。又找了几天，没有，确实没有他们的踪迹。

"公子啊，难道，这世上并没有花姑子这个人，那只是你做的一个梦？又或者，你是撞鬼了？"

也许，真的是撞鬼了吧。

陕西书生安幼舆从此时常对人说起他在深山中的一段经历，他说他曾在迷路时遇见一户人家，称他为恩人，这家还有一个美丽无比的女儿，他说他要娶她为妻。可是除了安公子以外，再也没有人听说或者见过这家人了。他不停地说，央求所有人，凡是知道一点线索的，都要来告诉他，他愿意把全部的家产拿出来求购线索。只要能找到花姑子，让他做什么都可以。

大概安幼舆果然是撞鬼了吧！否则何至于如此疯魔？他找了这个姑娘很久，却始终没有找到，可他并没有忘记她，而是越来越深地想念，甚至，发起烧，说起胡话来，也还在喊着她的名字……

"花姑子，花姑子……"

"唉！"

"花姑子，你来了？"

"是，我来了。安公子，你怎么病了？"

"我为你病了。"

"傻不傻啊？你就当我是一个鬼，或者根本不存在，你天天这样颠倒妄想的，把自己都想出病了。别动，我帮你按摩一下头。"

"呵呵，这个梦做得真好，我可千万不要醒了。"

"你呀，越发地傻了！"

安幼舆在病中，梦见花姑子为自己按摩，还闻到了一阵异香。万万想不到，这一切竟是真的。

"花姑子，你怎么这么香？"

安幼舆紧紧拉住花姑子的袖子，拢住了不住地闻。是梦是真，他实在是分不清了。

"既然你是为我病了，那我把你的病治好，也是我的本分。现在你已经好了，我给你的床头放几个蒸饼，你饿了就吃。我可是要走了。"

"别走！"

"你们这儿人多，我在这儿不方便。"

"求你别走！"

"我还会再来的！"

安幼舆沉沉地睡着了。半夜醒来的时候，他觉得自己的病已经全都好了，肚子也饿了，想吃东西。他伸手摸向床头，果然摸到了蒸饼，他咬了一口，这饼不知道包了什么馅，怎么这么好吃！他大口大口地把饼吃了，而且，连吃了三个。

"原来真的是花姑子来看我了。这饼里全都

是幸福的味道，连周围的空气也是，连空中飞舞的灰尘和被角残留的一些香气也是，我从未体验过这样的幸福，原来真正的幸福是这样的——你期待已久的，在你完全迷迷糊糊的时刻来临，临走的时候告诉你说：我还会再来的！"

安幼舆抱着那些蒸饼睡着了。他是真的把蒸饼抱在了怀中，用被子盖着它们睡着了。过了几天，这些蒸饼只剩下最后一个了。花姑子，这下你该来了吧？

"你要是不来可怎么办呢？最后一个蒸饼，我已经看了它一天了，舍不得吃掉。"

可是安幼舆又想：也许不吃完这些饼，她是不会来的。

当他大口吃饼的时候，那个人笑盈盈地走了进来。

"让我看看，是不是病好了？"

"花姑子！我想你，我想死你了。"

"你把我抱得这样紧，我喘不过气来了！"

"我不管，我就要抱着你，不然你会飞走的。"

"不会飞的，也不会走的，今晚我就留在这儿了，你想怎么样，就怎么样，谁让我全家都欠你的恩情呢？"

安幼舆要哭了，他无论如何也不记得，究竟

什么时候认识了花姑子一家人，又是怎么样成了他家的恩人。

"想不出来，就算了。"

云淡淡天边翡翠，雾沉沉水中鸳鸯。

这便是这一夜的情形了。欢娱嫌夜短，寂寞恨更长……

"嫁给我，花姑子！"

"不……"

"为什么不？"

"我有我自己的苦衷，我不能跟你结婚。"

"既然我们相爱，为什么却要分开？"

"我每晚都会来。"

"你家这么远，你怎么来啊？看你这双小脚，哪能一天走上百十里路呢？"

"只要我想来，我就能来。"

欢愉伴随着惊吓，因为花姑子告诉他说，他们迟早会分开的。

那一天终于来了。

有一天花姑子对他说，今晚以后，他们就再也不会见面了，因为他们此生的缘分就此尽了。安幼舆万万不能相信，他不信花姑子走了以后的世界仍然还能称得上是一个世界，他不信花姑子没有把整个宇宙带走，没有让全人类都失去欢乐而跌入愁苦的深渊中。他尤其不能相信花姑子竟然忍心走。

而她真的走了。

安幼舆又跨上了一头驴子，一直走到了山里，他要去找花姑子的家，这一次他发誓，不找到她的话，他绝不回来。

这次的道路格外顺利，安幼舆顺着大山中的灯光，找到了他曾住过的茅屋，而花姑子也早已倚在门边满怀期待。安幼舆抱着她柔软的身体哀哭的时候，他想，就是为了她死了，也算不得什么。

随着花姑子的舌头深入他的口中，一阵腥膻之气迎面扑来，他觉得头顶一阵剧痛，就好像是天灵盖被人掀了。

当人们发现安幼舆的时候，他已经死在了山下。人们把他的尸体抬了回来。

"那个人不是我，那是蛇精。蛇精在冒充我。安郎，时至今日，索性让你知道了吧。郎君在五年前，在华山道上，看到有人打猎，猎物中有几只香獐，郎君就出钱买下它们，然后放生了，这里面有我的爹爹。这次为了让你还魂，我爹向阎罗王求了七天，坏了自己百年的修行。郎君，你我仙凡有别，确是不能在一起。本来再也不会相见的，如果你不肯相信你我再也不会相见，强行去见，那就会遇到像蛇精这样的人。世上一切美丽，本就容易消散；一切相爱的人，本就容易离别。"

就在停灵的那些天中，哭丧的人群中，来了一个女人。没有人认识她是谁，她却日日哭灵，哀痛到无法自已。她让人们不要把安幼舆的尸体下葬，说完就消失了，人人都认为她是神仙。当她哭完了七天之后，安幼舆果然复生了。

半年以后，在一条山路上，一位老婆婆递给安幼舆一个孩子。

"这是花姑子生下的。"

安幼舆这一生再也没有结婚，尽管他再也没有见过花姑子，可总有一些事情证明，世上的确曾有花姑子这个人，花姑子曾经来过，他们爱过。

薄幸姬

"有人跳河了!"

景生听到远处人们的呼喊,便要拉着陈生去看看。陈生是个"文人武相"的典范,年纪并不大,却挺着偌大的肚腹。他并不以人们的狂呼乱喊为意。

"看什么看啊,这酒还没喝完呢,谁爱跳河就跳呗!"

景生却忍不住侧耳细听。他把听来的内容向陈生解说:"跳河的是个姑娘。人们都在那里嚷,说是个小年纪的。"

陈生似乎有了兴趣,他抛下了酒杯。

"那咱过去看看。"

他们一同走到河边，景生听到有人议论：

"就刚才那个小娘在河边徘徊，来来回回走了好多趟，长得跟仙女似的，我忍不住多看了两眼，结果她跳河了！"

"你把人家看跳河的吧？"

景生想同陈生议论两句，却找不到他的踪迹。景生在河岸上到处寻找，简直看尽千帆皆不是。直到他听说姑娘被救上来了，便往人群中扎。他以为陈生也会过去看热闹，却不料看到了陈生全身是水，正在河岸上拍那个姑娘的后背。

人，是陈生救上来的。

"救上来了，救上来了！太辣眼睛了，衣服全湿了，咱们快走吧。"

人们全都散开了，唯景生默默陪在旁边。

"我这人，就看不得别人受苦！一看见有人跳河，我就想去救！根本就顾不得我自己的安危！你看，救上来了吧？"陈生夸耀般地对景生说。

"谢谢你，你真是个好人。可是救了我也没用，你虽然把我从水里救上来了，可我还是无处可去。没有饭吃，没有地方住，我还是要跳河的。"姑娘说。

听了这话，陈生反而眉开眼笑：

"哟！亲哥哥怎么能让妹妹没有饭吃、没有地方睡！我既然救了你，你就是我的了，你跟着我回家，咱们俩一个桌上吃、一个床上睡！"

景生劝道："陈兄，这样不妥吧？嫂夫人在室，你要不要托人禀告一声？"

"禀告、禀告，禀告什么呀！我妹妹没有地方住都跳河了，还要让她同意？那她要是不同意呢，难道让我妹妹再跳一次吗？"

景生和陈生，都是文登的秀才，他俩比邻而居，关系也非常好，经常在一起吃饭喝酒、吟诗作对。这一天，他俩相约游春，恰好碰到一个美貌的女子跳河自尽，陈生把这位女子救了上来，又带回了家。进了大门，陈生就把那女子带进了自己的书房。

"今晚，你就在这儿睡下吧！景兄，你先回去吧。"

他拉着景生到门外，压低声音叮嘱道：

"到前面跟你阿嫂说一声，就说我在你家喝醉了，就在你家睡了。"

景生也只得答应着去了。

"哎，等等！景大哥，我跟你一起走。"那个女子兀自在后面呼唤，景生可是不敢停留。

景生走后，就在位于后花园中的这间书房里，陈生一步一步靠近了那个从水里捞上来的女人。

她长着一张无辜而性感的圆脸，嘴唇红艳艳的，仿佛还浸透着水分。此刻她厉声对陈生说：

"你别过来！"

"我怎么就不能过来？刚才在水里，我可是不顾自己的性命救了你，你在水里扑腾的时候，为什么不跟我说这句话呢？为什么不说'你别过来'呢？"

"救命之恩我是要谢谢你，可你不要……"

陈生已经靠近那女子，把她推到了墙上。

"小娘子，看你的这个样子，就是一副欲迎还拒的样子。你要是不喜欢我，怎么可能会跟着我回家呢？都已经跟我在一间屋里待着了，这不就是我的人了吗？刚才我去水里救你，你的全身我都已经摸了个遍，还害什么羞呢？"

他的眼前突然似有一道光，脸上已经挨了一下。陈生不由怔住了，她竟敢打男人！正当他抡起了胳膊，打算打那个女人一顿的时候，那女人却在瞬间消失得无影无踪，只留下陈生一人，目瞪口呆、不知所措。

女人的消失仿佛是一瞬间的事，甚至连门都没有开。陈生木僵在原地：难道，这原来是个鬼？

与此同时，他的隔壁景生家中，景生正独自一人在灯下出神，他还在想着刚才的那一幕，想着那个喊着要跟他一起走的女子。他了解他的朋友陈生，那是个不懂怜香惜玉的好色之徒，他担忧着那个女子，却什么都不能做。一个黑影来到景生眼前，景生一抬头，不禁惊呆了。刚才那位女子盈盈地站在他面前，含着羞，绯红了脸，满面笑意。

"我叫阿霞，我姓齐。"

"你怎么知道我家？"景生颤声问。

"看见灯光我就进来了，没想到正巧是你！这不是缘分吗？那个人德浅福薄，不可以托付终身。倒是你好，我今日一眼就确定，你是一个有良知的人。我看见了你在一旁皱眉，一副于心不忍的样子，我就知道跟着你就对了！"

"他没欺负你吧？"

"他想欺负我来着，可是我跑了。"

"你跟我，比跟他有缘分。"

"有缘分又怎么样呢？"

"就……"

这天晚上，月光压着烛光，风儿压着树枝，墙上的影子压着地下的影子，一个人压着另一个人。景生跟阿霞做成了一对，心中俱有无名的欢喜。事后，阿霞对景生谈起她的身世。她的父母过世得早，母亲临死之前，把她托付给了一位远房表兄，可这位表兄对她图谋不轨，被逼无奈，她只好跳河自尽。

"我的那个表兄，跟你那个朋友陈生，简直是一般嘴脸！既要跟人家相好，又要侮辱人家。哪个女孩儿受得了被这样对待啊？被这种人欺负，真的心里好气！"

"别生气，阿霞，我会好好对你的！我说到做到，我一定会的！"

阿霞在景生书斋里住了一阵子，便跟景生商量说：自己还有一些远房的亲戚，女儿出嫁，不敢自专，要回去找一位德高望重的亲戚做主，把自己嫁给景生。听到阿霞这样说，景生不禁大喜过望。经过这一阵子的相处，他已经知道了阿霞既美丽，又能干，还有风情，比自己的原配妻子强了不知多少倍。

"能这样真是太好了，真希望你能快点嫁给我。"

"我会的！你等我回来。也就是十天半个月，我就会回来的！以后，我们就可以一起生活了！"

从阿霞走了的这一刻起，景生就在焦虑一件事。

我们该说说景生的妻子了。跟陈生一样，景生也早早地结了婚，他的妻子王氏，就是隔壁村庄的一位农夫家中的女儿。她的身材早已走样，没有什么姿色可言，可是她性格温柔、做事勤勉。在遇到阿霞之前，景生一直觉得：妻子，就应当是王氏那个样子，模样不用特别出众，只要能够支撑起家庭的责任就可以了。一个穷书生的老婆，还能怎么样呢？但是现在，他遇到阿霞了，他的很多想法都变了。

景生知道，跟陈生的妻子一样，自己的妻子，也是容不得阿霞的。

景生还知道，阿霞也是不会甘心屈居自己妻子之下的。

何况……

景生对比起阿霞跟自己的妻子，觉得像是将天来比地。阿霞的风情，阿霞的美貌，阿霞的身材……

景生从未体验过爱情的滋味，现在他都为阿霞神魂颠倒了。阿霞一走，他便坐立不安。他要为阿霞做一点事，等阿霞回来的时候，一切都准备好了。

"以后，我们就可以一起生活了！"

景生开始找自己妻子王氏的不是：

"你热的什么汤！这汤这么烫，你都没有凉一下就递到我手里！溅出来的水把我的手都烫红了！"

他急赤白脸的样子，他自己也知道是丑的。还好，看他这样一副丑脸的是他的妻子，她也只配有这样一张丑脸可看。

"郎君，对不起啊！一大早的喂完了鸡，回来时汤刚刚烧开，我想着你爱喝一口热的，所以赶紧给你端上来。你今天怎么这么奇怪，往常不是越热越好吗？"

"越热越好！对，烫死了我是最好的！你知不知道女人就应当敬仰自己的丈夫，你做到了吗？一直以来，你对我哪有一点点敬仰之意？你嫌弃我是一个穷书生，觉得我还不如隔壁卖猪头肉的老五……"

"郎君，奴家怎么会有那种意思！"

"上次你不是说过，老五家的猪头肉好吃，可惜太贵不能常吃吗？你是用这话来侮辱我吗？为了吃一碗猪头肉，你就可以把你丈夫的脸踩在地上践踏！或者你早已与猪头肉老五有了私情！你这样的女人，原本就只有这样的见识！苏秦的老婆哭着求他休了自己，好去嫁给一个种菜的，后来苏秦佩带着六国相印回来了！觉得读万卷书还不如一碗猪头肉，你就是这样的女人！"

"郎君，你是误会了。我以后不吃猪头肉了，那种话再也不会说了……"

"不吃猪头肉，你能做到吗？你能为了我做到一辈子不吃猪头肉吗？退一万步说，即使你能做到，可什么时候你身上能不带着一股子浊油泔水味吗？这股子味儿我闻了十年了，现在一闻到就想吐！"

景生的妻子王氏，不知道为了什么，她的丈夫开始这般地嫌弃她。一开始，她想要忍耐一下，她想着，夫妻二人，总有饭碗碰了铁勺的时候，吵吵闹闹也是应该的，谁家又不是这样的呢？可是这样的日子过了一个月，她终于有了退意。

"这是你的肚兜？我以为你光外头的衣裳有味，原来连肚兜都是一股子汗馊味！你就不能洗洗，作为一个女人，你……"

当景生拿着她私密的肚兜，不顾她的脸面，当着邻舍和小厮的面挥舞的时候，王氏真的受不了了。

"别说了！你给我一纸休书，我要回家！"

景生终于撵走了老婆。此时，距离阿霞说要嫁给他，已经过去了一个来月。阿霞说十五天就能回来的。景生每天翘首盼望，之前他认为，阿霞之所以不来，是因为他还有老婆，老婆走了以后，他觉得：阿霞这就要来了。

一个月过去了，阿霞没有来。两个月过去了，阿霞还没有来。三个月过去了，阿霞还是没有来。整整一年都过去了，景生过着没有老婆的日子，阿霞没有来，他的老婆也早已改嫁给他的另一个邻居了。

一年一度的海神庙会到了。景生也打起了精

神,到这个有很多人聚集的庙会上去。他现在瘦得厉害,没有了王氏的照顾,家里总是饥一顿、饱一顿的。

他听见了一个熟悉的声音。

"你给我拿!"

景生全身一震,凝神向路左看去。一个美人儿坐在一位纨绔的怀中,两人坐在轩车上,车停在路边。那着紫衣的纨绔,手里接过美人的糖葫芦。那美人,可不是阿霞吗?

"你不会自己拿?"

"我的手酸,自己拿不住。"

"哎哟,吃个糖葫芦还要别人拿着。果然是我家的娇娃。行,哥哥给你拿着。"

"你拿好了,我吃的时候,不许晃!"

"行,我两只手拿着。"

景生拼了命跑过去,大声哭道:

"这是阿霞!你让我等得好苦!"

景生听到了他俩的对话:

"阿霞,这是什么人?"

"谁知道!这是个疯子吧?"

他不顾一切地说:"阿霞,你说了要嫁给我,我一直在等着你,你却没有来……这个男人是谁?他跟你是什么关系?"

那个纨绔站起来，用手中的糖葫芦指着景生的鼻子说：

"哎！你说话小心一点，你是个什么东西，敢来问我是谁？我告诉你，我是阿霞的丈夫，鼎鼎大名的郑公子，是你惹不起的人！随从，把这个疯子拖下去打一顿！"

"算了算了！咱们走吧。相公，何必跟疯子一般见识？"

"我看到他走远了，我看到他的脸色变得绯红，眼神中透露出绝望，他的眼珠子盯着我，里面有无尽的哀怨和愤恨。我对他微微一笑，便转过头去。虽然不看他，但他那种眼神仍然烧灼着我。"

"阿霞，你可曾后悔这样对他？"

"不吃猪头肉，你能做到吗？你能为了我做到一辈子不吃猪头肉吗？退一万步说，即使你能做到，可什么时候你身上能不带着一股子浊油泔水味吗？这股子味儿我闻了十年了，现在一闻到就想吐！"

"我是从这一刻起下定决心的。"

陈生的罪恶，是贪婪狂妄，这是人人看得见的，像景生这样的人的罪恶，却只有他妻子一个人知道。对全世界不好，是一种不好，自然有全世界的人都来反对他。对自己最亲密的人不好，是另一种不好，别的人并不来反对他，也很难有人去同情他的妻子，他的妻子的痛苦，却大到了可以被杀死的程度。

"我是因为这个而没有回到景生身边的，因为我很清楚，这一刻他在爱着我，我是安全的；下一刻，当我年老色衰，他不爱我了，我会被他吞噬的，就像是一只蜘蛛吞掉一只蚜虫，蚜虫虽然心有不甘，可根本没有力气挣脱它的蛛网。"

可阿霞怎么可能年老色衰呢？别忘了，她是一只狐狸啊！

桃花劫

　　在乡下一处颇为敞亮的秋场，到处堆着丰收
后的谷子。一个戏班子里的老生，往脸上架了掉
了一半毛的花胡子，脑门上画一抹白，不似月牙，
倒像是吊睛白额老虎，便喊自己是包公了。开腔
一唱，荒腔走板：

　　"包龙图打坐在开封府，

　　　尊一声驸马爷细听端的……"

　　梨花木的小圆桌子上摆着一壶"胭脂醉"，一
个着半旧蜜合色衫儿，身上吊着一个象牙的坠儿，
头发梳得纹丝不乱的少妇自斟自饮。她身边还有
一个肥头大耳的汉子，坐在她跟前的春凳上。包

龙图一开口，少妇手里的酒杯一晃，听了两句，尖声叫了起来：

"哎哟！这是哪里来的草台班子！唱得我耳朵都毛了！"

她膝下的男子叫朱大兴，忙执了她的手讨好道："娘子，凑合听吧，我听着就不错……"

"提起了招赘事你神色不定，

我料你在原郡定有前妻……"

一只酒杯抛上台去，砸中了那老生的领子。那少妇站起来破口大骂：

"别唱了！唱你娘的唱！前妻你妈的前妻！全都变了味、串了调啦！郎君，你这是从村子里找来的班子吧？是不是不要钱？"

"怎么会啊？不要钱人家谁来呀？就这，还一天一吊多钱呢！"朱大兴瑟瑟发抖地说。

"一吊钱的戏班子？行啊朱大兴，你抠门抠到骨头缝里了！姐姐这辈子还是头一回听说一吊钱的班子，我说你从村子里请的都是抬举你了！合着你是从叫花子堆里请的吧？"

那少妇撒完了气，抬脚便走。留下朱大兴在后头嘟嘟囔囔：

"一吊钱还少？十来斤猪肉，二十来个鸡蛋，再加上五六样菜蔬，统共也花不了一吊钱，全家人吃好几天! 这些个人来唱戏, 他们不吃不喝啊? 除了戏钱, 还得搭上一吊钱吃喝。加起来就是两吊!"

戏台上的人, 站着看这家的笑话。虽说争端是因为他们的手艺引起来的, 可这伙人, 似乎并不打算管。包龙图和胡琴老王, 都张着嘴、带着笑看着台下的朱大兴。朱大兴冲台上撒了撒袖子:

"别停啊! 接着唱啊, 这会子半天不唱, 半吊钱都没了。"

"别唱啦! 叫你别唱, 你还唱, 你就是故意的! 故意找一吊钱的戏班子寒碜我, 故意让他们还唱! 朱大兴, 我算是看透你了! 口口声声说是疼我, 比铁公鸡还吝啬, 钱就是你的命! 你就是恨不得我死了, 好省一些饭钱!" 那少妇竟又折回来, 抓了一把桌上放的、厨房里刚端出来的炒瓜子, 没头没脑地往朱大兴身上扔。

两个爨下的仆妇, 努嘴凸唇地, 冷眼看着热闹, 议论着:

"怎么的, 又闹?"

"可不是嘛! 妖精, 幺蛾子, 败家精……"

"老爷要过的女人, 这家里没有二十个, 也有十来个, 怎么就宠上她了?"

"哎哟! 别的人, 谁有她那种狐媚子的模样……"

这财主朱大兴本是个勤俭发家的讲究人，可就只有一样不讲究：他好色。正如仆妇们议论的，这个人，见到美女就走不动道，但凡有点姿色的仆妇丫鬟，一个也不肯放过。

而今天闹腾的这位女主角，她姓霍，小名儿叫作珍珍，可这通家上下，背地里有喊她"霍霍"的，有喊她"祸水"的，也有喊她"祸根儿"的。谁也不知道她是个什么来历，只知道，自从她来到了这家里，这朱大兴可就没什么好日子过了！她只要心疼起来，就要顿顿吃人参——

"眼看就没有命了，心都快疼死了！就跟你说：奴家不能吃肉，只要一吃肉，这心疼病就犯！只要给我煎一碗热热的人参汤喝下去，这病立刻就能好！"

朱大兴本是个悭吝无比的人，可这霍珍珍一叫唤起心疼来，他就六神无主，一叠声喊着人去买人参。以后习以为常，每天都要喝一碗人参汤。朱大兴本人直到现在，还没尝过一口人参汤的滋味。

她的病说是不能吃肉，可是顿顿都要吃燕窝或者鲨鱼肚。这朱大兴家里虽然有钱，可生就一个也舍不得花的性子，不到逢年过节，家里从来不买肉；除了婚丧嫁娶，从来都不请一个客人。什么燕窝、人参的！他原跟这些东西无缘，如今却成斤地买了给那女人吃，这下，霍女的心疼病是不犯了，朱大兴的心疼病每天都要发作两三回。

吃还罢了，毕竟只有一个人的嘴，可霍珍珍天天嚷嚷着要看戏，要请戏班子来家里演，在这戏班子上漫洒下多少钱，那就没有谱了！霍珍珍闹得天翻地覆，吵吵久了，朱大兴终于下了狠心，请了个戏班子，到家里来演，可才演了不到一个时辰，就被霍珍珍嫌弃戏不好，掀了桌子。

不知道演员在唱什么，也不知道唱得对不对，不论他们如何表现，朱大兴只管摇头晃脑地称赞："唱得好，唱得好啊！"

班头凑过来，拿着盘子谄笑道："老爷，既唱得好，给点赏钱呗！"

朱大兴恼怒地接过他的盘子捽了："你奶奶的！唱得好个腿！让你们唱得把小奶奶都唱跑了，还要赏钱！唱得好不好，自己心里没点数？"

"可老爷刚才不是叫好了吗？"

"好！好极了，好狠了！你这一吊钱的戏班子，唱得连五个钱都不值！我要是不给你大声叫好，把你们喊得跟两吊钱的戏班子似的，亏的不是我自个儿吗？"

班头木在那儿，半天也没想明白这老爷在说什么。

后厨的两个仆妇已笑得打跌。

"老爷的账，算得真精！按说，这么大的地方，该叫一些客人一起看，反正戏班子也请了。可老爷说了，请客人就要赔上饭，所以舍不得请客人，单自己看。那个'霍霍'听了不到半顿饭就跑了，老爷心疼他的一吊钱，抱着孩子自己看了一天的戏！这还不说，还想把这一吊钱的戏，看成两吊钱的！"

"该，活该！真是现世报！活该他遇见这个霍霍！这个老爷，仗着自己有钱有势，强占仆妇丫鬟，到处奸淫妇女，谁不恨他？谁不盼他倒霉？可算是来了个给大家出气的！"

"你少说两句！"

"我说错了吗？上回狗儿媳妇被老爷奸了以后跳了河，老爷连个棺材板钱都不给，省着干什么呀？为了那个霍霍下头的嘴，拿金子银子去填上头的嘴！"

被一吊钱吊在晒场的老爷朱大兴，眼看就要睡过去了，突然来了人跟他汇报：小奶奶不见了。不光是小奶奶不见了，包袱不见了，衣裳头面都不见了，牲口圈里

的骡子也不见了一头。

"跑了?"

朱大兴的金银珠玉、小心奉承,到底还是没有留住美人儿。因为一场戏不合心意,美人霍珍珍竟然卷了值钱的东西逃走了!朱大兴招呼着许多人找了三天,才终于得到了消息:霍女跑到了邻村的何大户家里。

那一晚,何大户家里有好大一桌客人,把他喝得醉意熏熏。晚上回到卧房,突然进来了一位娇滴滴的美人,手里捧着包袱。

"小女子姓霍,名叫珍珍。我是从邻村朱家跑出来的,奴家从前是朱大兴的小妾。"

何大户一眼就看出这个女人不是一个省油的灯。不禁笑嘻嘻地调戏起来:"朱大兴?朱大兴那个猪狗不如的东西,还有你这么一个美貌又风骚的妾?"

"那是从前啦!奴家不想在他家了,就逃了出来。"

当晚就收用了。那女人带了朱大兴的不少钱出来,何大户一下子人财两得。他心知过不了多久,朱大兴就会找过来,果然,据家人报传,朱大兴正在门口骂门。

"何大户!你这个狗娘养的!弄走了我的女人!我朱大兴不是好惹的!咱们官里见,你就等着吃官司、下大牢吧!"

盘点自己的家产，朱大兴发现这几年，被霍珍珍糟蹋了不少，临走又带走了不少，朱大兴急得直跳。他果然到官府递了官司，去告何大户，却比不上何大户的根基硬、送的钱多，输了官司。

正当朱大兴坐在家里，又愁又恨时，霍珍珍回来了。

她不是一个人回来的，是何大户的人把她送回来的，四个人抬着她一个，往堂屋里一丢，便都回去了。还留下了一句话："这个女人花钱太多，我们家养不起，还是还给你吧。"

看来，霍珍珍在别人家也是那个德行。朱大兴又气，又有些喜：

"行，好！回来了！没顺点人家家的东西回来吗？走的时候拿着好些东西走的，怎么空着两只手回来了？鞭子，给我拿皮鞭子来。我要抽下你的下半截来，你这个淫妇！"

"哟，您舍得呀？我可是吃了你的半份家当，这要是打死了，可就什么都没了！"

她说得也是。朱大兴呆立在了原地。

"好了，别生气了，姓何的半份家当也在我肚子里，算是给你出了口气，对吧？"美人一笑。

朱大兴的喜并没有超过一夜，因为第二天一早，败光了朱、何两个财主家产的霍女，又不见了。而在贫穷的读书人黄生家里，却出现了一个艳妆素裹的女子。

　　黄生读书至深夜，白天起得晚些。刚睁开眼，便看到床边坐着一个女人。

　　"你是谁？"

　　"小女子姓霍，小字珍珍。"

　　"我好像……听说过你。"

　　"对，我就是你听说的那个人。"

"哎呀，罪过罪过，你怎么跑到我家里来了？我家里穷得连隔夜的粮都没有。"那个女子的名声，全县的人没有不知道的，黄生做梦也想不到她会跑到自己家里来。

"您穷，是因为您精于读书，不善经营。这也好办，只要有个女主人打理，日子就好过多了。"

黄生简直不知该如何回答。

女子拉着他的手，让他下床：

"刚才我来过一回，看见这屋里既没有米，也没有柴，我就走出去，买了米和柴，你看看，现在这米缸里，是不是满的？"

"这……"

"我上这儿来，是为的跟你过日子！"

"折煞小生了，这可使不得呀！"

"有什么使不得！看这秋波一般的眼，看这莲藕一般的胳膊，看这葱白一般的手，难道你不喜欢吗？我这就把这手儿放在你脖子上，看你能把我推开吗！"

黄生确实推不开。

黄生一向是个规规矩矩的人，做梦也想不到会有佳丽从天而降，而且这一住就是半年。如今的霍珍珍，穿着一条粗布裙子，头发用手帕挽起来，再插上一支竹筷簪住头发，做饭洒扫、喂鸡养猪，没有什么不做的。这黄生原本就个性温柔、相貌俊美，再加上知冷知热的性子、知心知意的脾气，夫妻二人，好得就像蜜里调油，行动都黏在一处，甜得就快化了。

转眼间，便是上京赶考的日子了，霍珍珍为黄生备了行李，两人一起上船北去。

这霍珍珍的容貌实在是天人一般，仿佛在夜里也能发光，只要有人看到她，就没有不多看两眼的。曾见过霍珍珍的人，都会觉得此生所能看到的最美的女子便是此人了。他俩一登船，便引起了注意。

"哎，看见没？那儿有个小娘们，可是长得太好看了！"

这位公子，跟他身边跟着的人嘀咕道。身边的人笑道："我早看见了，一看就知道是公子您喜欢的！"

"有意思，有意思。她老公是谁呀？"

"一个穷酸！"

"那行，问问他多少钱卖。"

"还买什么呀？直接抢过来不就是了嘛！不就是一个穷酸嘛！敢怎么着呢？"

"先礼后兵，快去。"

当这位恶仆到黄生的船舱外喊他时，黄生与珍珍正在下棋。黄生凝神想着下一步，根本没听到窗外的呼唤声，还是珍珍提醒他：

"郎君，有人叫你。"

"谁呀？不认识。"黄生漫不经心地往外看了一眼。

"如果他让你出价，你就说一千两银子，少了不行。"

"出价？出什么价？"黄生茫然不解。

等他出去时，看到一位刀条脸的三十多岁的汉子。"黄先生！借一步说话。您家的小娘子，我家公子看上了，请您出个价。"

一阵怒气直攻丹田，黄生简直想要立刻撸起袖子，不管三七二十一，打向那个面目可憎的仆人。可是不知道为什么，仿佛有人在半空中抓住了他的胳膊。他想说的话是：请你快滚吧！这是我的妻子，不是货物，出价什么的，这不是侮辱人吗？可是张开嘴，说出来的话却是——

"您也看见了，我娘子这容貌，若是在青楼，得是个花魁。可她是个良家妇女，干干净净的，既然公子有心，少了一千两银子，我可不卖！"

"这么贵？看你斯斯文文的，你竟是靠此发财？"

"少废话，娶回去你家公子就知道了：一分价钱一分货！"

"懂！你等着！"

黄生在浑浑噩噩间，便走完了卖老婆的交易

流程，眼睁睁地看着自己的娘子上了别人的小船，沿着一条江顺流而下，转眼就看不见了！黄生满眼泪花、心如刀割，到此时才终于发出声来。

"我看不见我的娘子了！我的娘子被我卖了，心疼死我了！"

"别哭了！"

有个仙人拍他肩。原来正是霍珍珍本人。

"你怎么逃回来的？"

"我逃回来，还不简单吗？实话告诉你吧，我不是人，我是狐狸精，是大仙！你信吗？"

黄生擦了眼泪："我信！"

"我惩罚那些有钱的坏蛋，痛快不痛快？刚才我就是愁咱们家没银子使，想了点办法。如今咱们不是有钱了吗？你不是有了一千两银子吗？"

"好像……是的！"

"那咱们就上京赶考去吧！"

辞凤阙

王家的私塾，是这一带有名的。不光收王家自己的子弟，附近有声望的人家都愿意准备好束修，把子弟送到王家读书。不光是先生好，王家更有好学生。子曰："独学而无友，则孤陋而寡闻。"倘若有人一同进取，好处自然比学生自己在家用功多一倍不止。

这一日，王家的先生正在讲课。

"经义之文，俗谓之八股文，起讲先提三句，中间过接四句，复收四句，再作大结。其基本功夫，在对对子。事对为末，意对为先。反对为优，正对为劣。"

乌溜溜的小眼珠竟相瞪着先生。不合时宜地，课堂上响起了呼噜声。有人掌不住笑了。这呼噜的来源，不用问便知，是这塾中一个最不爱读书的人。

"仪美！仪美！你怎么睡了？还打起了呼噜？"

"怎么了？"

"快醒醒，先生在讲书。"

"这讲的什么呀，谁听得懂啊！"

小声叫他起来的那个少年，看上去身材比其他人都要瘦小，举止却颇为稳重。此刻，他低低地对王仪美说："我听得懂！"

"你能听懂？切！"

先生听见了声音，对着这边喊道：

"你们不要小声议论，否则该打手板了！我现在就出个对子，来考你们一考，要是答不上来，可要打手板了！"

刚醒过来的仪美心里不忿：

"切，就会打手板！"

果不其然，先生喊到了他的名字：

"王仪美，你来对，我出一个'行'字，应该对什么字？"

"行，行，对……"

"对什么？"

"对'不行'……"

满屋子少年哄堂大笑。先生又气又笑，接着板起了脸：

"你这孩子！不学无术，怎么能对'不行'呢？王仪重，你来说说，应当用什么字对'行'。"

原来他身边那位少年，名叫王仪重。他站起来大声说：

"行，应当对'藏'！典出《论语·述而》：子谓颜渊曰：'用之则行，舍之则藏，惟我与尔有是夫！'"

先生赞赏道："不错。仪美，你们一母同胞，仪重还比你小些，你为什么处处不如弟弟？"

从外表看来，王氏兄弟王仪美、王仪重二人，堪称"美如冠玉"，远近的人，没有不喜欢他们的。可是仪美和仪重不一样，仪美徒有其表，而仪重满腹经纶。两个人才学上的差距，可谓是"云泥之别"。两个人渐渐地长大了，让人意外的是：仪重不再读书了，只有仪美，坚持在学宫中用功。他参加了几次科举考试，毫不意外地，每次都名落孙山。

这天，王仪美的卧房里，传出这样的对话。一个女人对他说：

"你怎么又没考上！这题，难道就这么难吗？"

"难，难！难得人七窍生烟！别提多难了！"

"也就是你觉得难！要我看，一点都不难。让我去考的话，我早就考上了！"

"你？你说得轻巧！你以为科考就像煮个白粥一样简单啊？这么大的一个活人，到现在只会煮个白粥。还科考！还你去考！有本事你去考一个啊？"

"行，考就考！我知道你桂花口水鸡做得好吃，只要你天天给我做鸡，我就去给你考个进士！"

假如你此时正扒在他们房外偷听，你到底还是明白不了其中的关窍。这个女人是谁？为什么倒要去考进士？

有一个街坊四邻都不知道的秘密，现在我讲给你听：王家就没有两兄弟，而只有一个独生子王仪美，那位从小跟他在一起的兄弟仪重，根本就是女的！她的真名啊，叫作颜少慧，父母双亡，嫁到王家做童养媳。长到了年纪，自然就跟仪美圆房成亲了，从此大门不出、二门不迈！仪美几次科考落榜之后，这媳妇颜氏，突然间有些技痒，对着丈夫，她放出了狠话。让我们接着听下去吧！

"以前又不是没扮演过男孩子，不是也一样去学堂读书！给我穿上你的衣服，保证别人都认不出来我，到下一届科考，咱俩一起去，看谁是那个能考上举人的！"

"娘子，你真的要去考试啊？"

"怎么了,你不同意?"

"那可太好了!"

一个女人想要科考,这着实行不通。可是颜少慧与王仪美这二人,从小混在一起,感情弥笃,颜氏一提出要科考,便获得了丈夫的支持。丈夫说服了自己全家,颜氏从此不必下厨房。

下厨房的是谁呢?且看二人在闺房中写下的对子,上联为颜氏所写,下联则是王仪美的手笔:

"夫妇之不肖,可以能行焉。一部四书烂肚里,思绪如神笔如仙。

做鱼焦麻辣,做鸡麻辣鲜。提着一口生铁锅,陪着娘子窜山间。"

还有一对,却通篇都是仪美所题,别看他读书不好,打油说笑、快板评书、中医草药、打拳耍棒,这些歪本事却并不少——

"天地之大也,人犹有所憾。虽圣人,亦有所不能焉。晨起想破题,入睡想后股,差着两段没有写,半夜抽筋梦魇后空翻。

砂锅之大也,可以卤鸡蛋。本大厨,是见菜就掐尖。晨起揪茼蒿,睡前抓蝉蜕,攒了一篮小土豆,夜里磨牙呼噜响震天。"

看似调侃,实是写实。这颜氏温书,肯下死功夫,仪美做菜,却也是终身兴趣所在。温书太久，用脑过度，颜氏失眠是常事。"半夜抽筋梦魇后空翻"便是仪美形容她半夜睡不着的惨相，可以说相当贴切了。这天晚上，颜氏又失眠了。她躺在床上，越睡不着越懊恼，尤其是听到王仪美巨大的呼噜声，简直忍不下去了。

"哎！你！给我醒醒！"

王仪美睁开眼，便看见颜氏跟夜叉婆一样满脸怒色。"你的呼噜声太响了！我温书，子时才睡，被你吵得，到现在还没有睡着！这都四更天了！天儿马上就亮了！明日还有那么多书要读，这可怎么办呀！"

"哎呀娘子，你睡得这么晚，大地阳气已尽、浊气上升，人自然体虚魂惊，是睡不着的！若是遵着养生之道，你至迟亥时初就该睡了，此时天地通泰、阴阳调和，自然魂安梦稳。"

"哼！你说得，也有道理，只不过让我早睡，我早睡得了嘛！没看见我头上的那块牌子吗？距离会试还有十五天！手边买的二十本题目，才刚刚做了十一本！我就是天天不睡觉，也做不完剩下的题目啊……"

王仪美又惊又喜：

"哎呀娘子！你，你，你，做了十一本题目了！这些题目，往年，我，我，连半本都做不完……我，唉，不多说了，我明日接着给你做鸡，炖老鸡汤，你现在啊，赶紧睡，我呀，不睡了，我给娘子捶背、捏腿，看着你睡。你要是睡不着啊，我给你唱个催眠曲。"

仪美翻身坐起，给颜氏掖好被子，轻拍着她，仿佛拍着一个婴儿，一边拍，一边温柔地唱起了自己编的小曲：

"推起桌面打开明镜台，秀才我梳妆照粉腮，忽然想起，娘子不来，懒梳云鬓，闲却凤钗，你相公我淡淡蛾眉无人画，……谁管我画不画眉毛呀？"

直到颜氏的呼吸停匀了。

王仪美凝视着娘子的睡容，扑哧笑了：

"吃了我这么多的鸡，比黄鼠狼吃得还多呢，怎么没见你长胖啊？"

这一年，顺天府乡试第四名，是一位名叫王仪重的秀才。你们都知道，她其实不是王仪美的兄弟，而是王仪美的娘子。你们虽是知道，可当时的其他人，全都不知道！

乡试过后的第二年，是殿试，王仪美的夫人颜氏少慧，不但高高地中了一名进士，而且还被选了官，一下子就被授了桐城令。这桐城，可是一个大县，水土丰美、人才辈出，王仪重就任之后，由于学问深厚、为人持重，深受当地官员、士绅欢迎，很快就跟她交往应酬起来。

一年一度的菊花会，是桐城士林中出了名的风雅的事。颜氏既做了父母官，自然少不得主持本地一切公共活动。她穿着宽大的袍服，看上去是一位举止端方的白面无须的儒雅官员。官场的那一套进退揖让的学问，她已经非常熟悉了。

　　一位大腹便便的官儿，身后跟了个端着酒盘的小厮，向着颜氏做了一揖：

　　"王大人昨天那一首《咏菊》，真是含而不露、雍容端方啊！很快就在士人中传抄起来，小的也抄了一份，吟诵不已，至今唇齿留香。请王大人满饮此杯。"

　　那人拿起小厮盘中的酒，递到颜氏手里。

　　"多谢爱重，我不善饮。"

　　"王大人不饮，下官饮。"那人面露愠色，把自己杯中的酒一饮而尽。一个快乐而轻巧的声音在他们旁边响起：

　　"胞弟自幼滴酒不沾，一喝酒就起小红疹子，这杯我替他喝了！"

　　颜氏连忙介绍："这位是家兄，王仪美，字小修。"

　　王仪重大人的兄长，别人自然会高看三分。何况仪美跟颜氏不同，他很会做人，为人圆通，此刻，他正捧着酒杯，满面春风地对众人说：

　　"我再自干三杯！请大家照应胞弟！多照应啊！"

多亏仪美在人情世故上出力，让颜氏在本地一贯平顺。她每日里穿着官服，升堂退堂、治理县政、迎来送往、应酬揖让，由于为人精明、行事果断，过了不久，便官声大振。

几年后，王仪重升迁为河南道的掌印御史，从正七品升至从五品，握有重权，成了天下名臣。

这么多年，王仪重海内知名，当人们议论起他来，总要说这位老爷为官极是清廉，吏治也绝对内行，谨言慎行、老成持重，可常年面上不生须，更没有家眷子嗣，颇有人对她起了疑心。

"早有人传说：王仪重大人是天阉。"

"可怜见儿的！他们王家怕是有祖传的毛病，他的兄长仪美，虽然有几房姬妾，可也无后！"

"那怕什么，只要家里富贵，再多置几房，怕什么呢？"

所以媒婆天天往王家跑得勤。有一位头上插着一朵红花的中年嬷嬷，满脸喜色地从外面滚了进来。

"哎哟！大老爷！我一进门就瞧见大老爷在这儿呢！这是哪里来的福！让我见着大老爷您了！您还是这样神采轩昂，跟画上的赵子龙似的！"

王仪美皱眉道："得得得，你别瞎比！你是干什么的？"

那人道："我是做媒的马氏，咱这开封府里大户人家的婚事，都是我操办的！我是来给二老爷说亲的！二老爷呀，属羊的，今年，也还不到三十岁，就成为威震一方的大官，可是呢，中馈犹虚，膝下无子啊！小的来说的这一头婚事，是盐政许老爷家里的三小姐……"

"来人呀，把这个媒婆给我打出去！"

穿了这么些年官袍，官也越做越大，颜氏似乎真的变成了王仪重，真的成了一名老成沉默、运筹帷幄的男子。如今，王家已经是天下有名的家族了，王仪美的父母，都受到了朝廷的封赏，我们从前只听说过母以子贵，如今却是二老因媳妇而贵，这真是天下奇闻了。只不过当时的天下人不知道这个。

处理完官事，颜氏突然伏在案上呕吐起来。他身边的小丫头照儿连忙上前照顾。"二老爷！您怎么了？"

"我……胃酸恶心。"

"我去让人请大夫！二老爷您要么是吃得不好了，要么是冻着肚子了！"

在一旁的王仪美摇着扇子笑道："二老爷没别的病，二老爷是害喜了！"

照儿扑哧一笑："大老爷还是那么会开玩笑。"

"你下去吧，二老爷这边由我来处置。"

照儿刚走，王仪美就激动地把妻子举了起来："哎呀，结婚这么多年，你终于有了！"

颜氏却满面恼火："这下怎么办？我现在官声很盛，坊间传闻，连圣上都经常问到我，可能很快就会去面圣。我还听人说，不出意外，十年内必能拜相的。"

"哎呀！我的那个儿子，我的那个闺女！为了你的出生，你娘可能当不上宰相了！"

这声音虽然在假哭，却听不出一丝悲戚。颜氏知道：这世上只有她自己最把这官职当回事，王仪美其实漠不关心。

"别闹了，我快烦死了，现在你告诉我：我该怎么办哪？"

"如今，只有一个办法了！你切开我的肚子，把咱们的孩儿放进去，让为夫替你怀孕！"

"好呀，我都这样了，你还在这里没个正经！"

"那……那你说怎么办呀？"

颜氏悲泣，开始念叨旧事："因为我做官，不能要孩子，你爹娘就张罗着给你娶小老婆……"

"娘子别哭，那些小老婆，我不是都没要吗？"

"你不要，他们也给你放在屋里头白放着。你不要，他们所有人就硬塞给你！现在我怀孕了，有了子嗣了，我让你把所有小老婆遣散！可我就要辞职归故里，不能继续做官了！怎么往哪边走，都是难啊？怎么选也都是错！不生孩子，丈夫就没了；生孩子，官就没了。你让我怎么办？人生好难啊！"

别人怀孕，欢天喜地，颜氏这一怀孕，先是跟仪美抱头痛哭了一番，然后便交了辞呈，两人一同归了故里。后来很多年，这两口子在家乡过着丰足的生活，彻底忘记了那些朝廷风云、雄心壮志。只是偶然间，颜氏还会想起：就差那么一点，自己就可以是当朝的宰相了。

娇娜

桂哥写信来，让我去给一个人治病。在信中，桂哥说，这个人至关重要，他已对他细作考察，想让他成为我家的一员，如今他却生了这样重的病，据他看来，大概拖不过三天就要死了。桂哥说，老祖，家里那么多人里，唯有你内丹已成，这病只有你能治。请你快来。放下桂哥的信，我便匆匆上路了。

我是娇娜，一千年以前，我曾在长安认识一位名叫"小怜"的狐仙，那时有个叫杜牧的诗人，给她写了首诗，"娉娉袅袅十三余，豆蔻梢头二月初"，把她比作二月的豆蔻。小怜其实已经是八千岁的老妖了，她把她的修炼图谱传给了我，她说，你是我所见到的狐狸中最具慧根的，再修炼一千年，你就能变成我现在的样子。所以，如今我看上去是这个狐狸家族里最年轻的一位少女，仿佛只有十三岁，可实际上，我却是地位最高的一只老狐。

桂哥急得团团乱转，唉声叹气。一看见我到了，便上前拉着我的手，把我拽到了那人跟前。

"娇娜到了！哎呀妹子，你可来了，雪笠兄跟我，情同手足。你可得给好好看看，救雪笠兄一命。"

那人早已面如金纸。掀开被子，原来是他的胸口长了东西，疼得惨叫。

不知为何，就这一瞬间，那人的惨叫声低了许多。

我的手指触到他胸口的脓包。"怪不得这病这么危险，原来是动了心脉了。"

桂哥在旁问："还有救吗？"

"此症虽危，尚可以治。"

听到那人的呻吟声停了，桂哥忙问："雪笠兄，你这会儿觉得怎么样？"

"我觉得……我是遇到名医了，本来疼得不得了，一看见娇娜妹子，精神为之一爽，这病好像就要好了！只听说秀色可餐，原来秀色也可以当药的！"

我不禁一笑。

这个人独自住在我家，却不知道我一家人都是狐狸。同我面对面，也不知道我其实不是妹子，而是一只几千岁的狐狸。我看着他好笑。可这哪里好笑，到底也不能让他知道。我取下臂上的金钏，它真正的名字是金刚环，是相伴我很多年的一枚法器，原采自高山之巅，经过一千年的锤炼，凝聚了许多内力，跟内丹相辅相成。孔生这病，是在胸口处长了好大一个肿瘤，金刚环抛下去，立即便吸收起孔生身体里的毒素，让它们全部汇聚环中。在平常的眼睛看来，便是这金钏，把肿块整个罩住了。

"你现在服下这一剂汤药，便可昏睡过去，接下来我做的一切，你会无知无觉，等你醒来，就已经痊愈了。可好？"

"不，我不要昏睡。"

"我要用薄薄的刀刃，把你的毒瘤整个切下来，会很疼的！不麻醉怎么行？"

"不会疼的！你尽管切，别说是切毒瘤，就算是切我几刀都没关系。娇娜妹子，只要能醒着看着你，就不会疼。"

果真是多情公子、痴心男人！几千年来也不

知道碰上了多少个！真让人无奈。

一番内功运作之后，在金刚环的法力之下，毒素尽去；接下来就是用薄薄的冰川之刃，把毒瘤切割下来；接着，就用我的内丹，旋转三次，伤口便痊愈了。这个大病，本来是要命的，如今，孔生不会死了。只不过，看他看着我的那种痴情的样子，我怕他去了身病，又添心病。

"别抓着我的袖子了，起来走走，你已经好了。"

"真的？我……我好了！果然好了！"

"这阵子生病，身子大耗一番，还是需要静养。我走了以后，你多睡觉，候上十天半月，便会平复如初了。"

他说："好。"

他又说："娇娜妹子，你干什么去？"

我只好同他说："你且睡着，我要到后面看看母亲和松姐。"

"你能再坐一会儿吗？"

"已经坐了一阵子了，我可以走吗？"

"再坐一会儿吧！除非你答应，以后常来看我，我才肯让你走。"

这个孔雪笠，是圣人之后，孔家的子孙，以我看他的骨相，要说混入这浊世之中求取富贵，他不如万万人，但若是临危受命、为义捐躯，万万人皆不如他。于是我便知道了，为什么桂哥会看上他，把他引入我们这个异类的家族中来。一旦认定，生死不离，是他的品性，被这样的一个男人爱上，是一个女人最大的福气，可惜，我不是"女人"，我是狐狸。

"他睡了吗？"听见桂哥走进来了，我问桂哥。

"已经熟睡了。"

"你是怎样发现这个异人的？"

"孩儿第一次见到孔生，是在普陀寺，这个人一袭寒衣，都已经破了，穷得通身上下，拿不出一餐饭的钱，可是器宇轩昂，一点寒酸之气都没有。他被普陀寺的和尚雇来抄经，我便请他来咱们家住下，一起读书。老祖，我的眼光还不错吧？眼看我们便要渡劫了，要么灰飞烟灭，要么皆大欢喜，老祖早就吩咐，为万无一失，找一个至诚之人襄助我们渡劫……"

"不错。"我赞许道，"这个人堪任大用。你前日说，要在咱们家里的女孩子中，找一只小狐狸配给他，此事怎么样了啊？"

"孩儿去问过他的意思，他只说了一句：曾经沧海难为水，除去巫山不是云。自从老祖给他治了病，他的一颗心就好像被老祖摘去了！看那样子，似乎非老祖您不娶。"

我心里快要笑死了。可也只是抿抿嘴，便正色对桂哥说：

"一面之缘而已，又没有一起过个十年八载，又不曾一起出生入死，连彼此的性情都还没摸明白。哪有什么爱、什么情？不过是爱其色而已。可这色啊！来势汹汹，所谓的一见钟情、不能自拔，仿佛宿世之缘、命中注定，这一切的感觉，不过是一个人的美色所引起的！这世上的男子，全都是一样的，他们全都爱着一个正当年少的美女，才不管这个女人是谁呢！"

故事讲到这里，想必你已经听明白了，在我们狐狸的家庭中，发生了一件什么样的事情。我们把这个叫作"孔雪笠"的年轻人请了进来，大有深意，我们想要跟他成为一家人，让他去做一些我们做不到的事情。为了把彼此的命运连接在一起，我们准备让他跟狐狸家族结亲。孔生偏偏爱上了我——

他不知道，我是这家的老祖母娇娜，老祖母是不可能嫁人的。

曾经沧海难为水，除却巫山不是云，取次花丛懒回顾，半缘修道半缘君……

我安排了香奴在孔生面前歌舞。桂哥看他看入了神，便问：

"这歌声，美不美？"

"歌美，人也美，意思更美。"

桂哥趁机劝他："这是歌姬香奴，她所演唱的，是兄最爱的一首曲子，想必大得你的欢心。如今就把香奴赠予你，朝夕在你身旁侍奉，你看怎样？"

"我只要娇娜。"

"吾兄未免太傻了！连做这首诗的元稹，也只是说说而已，做这首诗的时候，还不知道是在哪个小夫人的怀中做的呢！""曾经沧海难为水，沟沟渠渠都是浪"，"除却巫山不是云，千山万水总是情"啊！哈哈哈哈……

"皇甫兄！此言差矣！我只要娇娜，其他女子，皆如过眼烟云！"

"你想要的那个人，来了！"

那天是我和松娘一起来的。我穿着一件藕荷色的衫子，松娘则是一件天青色的，我们俩拉着手站在一起，真像是一母双生儿、照花前后镜，只觉美得勾人心魂，而辨不出来哪个是我、哪个是她。

"孔兄，这两位，一位是我姨母之女松娘，另一位则是我妹子娇娜，让她们二位俱嫁给你为妻，好吗？"

他吓得直摇头。"不好不好！岂可如此无礼！"

"那让她二位背过身去，你将这朵花簪在谁的衣带上，谁就是你的妻子，好吗？"

孔生将这朵花，簪在了藕荷色的衣带上，接着，桂哥笑嘻嘻地，牵着藕荷色的衣带，将松娘牵了出来，孔雪笠可想不到，天青色的衣裳，恰好配藕荷色衣带，而藕荷色衣裳，配的则是天青色的衣带。紧接着，桂哥问他，是否愿意娶松娘为妻。

孔雪笠目瞪口呆。

"怎么，你不愿意？"

"我……"

"松娘，算了，谁让你这般粗丑！一双眼睛吊梢着，就像是一只白睛老虎。眉毛也竖着，像个什么样子！你这么丑，等一百年也嫁不出去。难怪这位孔雪笠先生没有看上你……"

松娘明明是一位柳眉杏眼的绝代美人。桂哥说得全无道理，松娘眼泪汪汪。

"我愿意！皇甫兄，你折煞我了，小生何德何能，能有松娘这般美人为妻……"

就在当晚，我吃了一顿我玄玄玄玄孙女儿的喜酒，不过，我口中称呼她是姐姐，称呼孔生，是我的姐夫。一整晚，孔生的眼神都不敢移到我身上，对于我，他含羞带愧，他以为是他错选了衣带，致使与我擦肩而过。然而他的心里，仍然是欢喜的。他真心喜欢松娘，松娘这个小狐狸，不仅美丽，而且温柔得要命。嫁给孔生以后的第二年，我的玄玄玄玄孙女儿松娘，为孔生生下了一个儿子，叫小宦。我常到他们家里去，同他们一起烹茶、煮酒、扫雪、下棋，孔生欢喜看到我，松娘也一样喜欢我，我口中喊他们姐夫、姐姐。男女之间，最难跨过的那一道坎儿，叫作"初相见"。偏是从前不认得的人，一见之下，容易发生爱情；若是认得了很久，反倒不会心动了。在如今的孔生心里，我，只是一位良友。随着孔生跟我一家人的关系日益深厚，我心里知道，有件事，可以着手安排了。

这一天，终于到了。

"姐夫，我一家人都是狐狸，你知道吗？"

孔雪笠面露惊讶。但是，我们早就知道，这种事情难不倒他。

"别说了，娇娜，无论你们是什么，咱们都是亲亲的一家人，不要再分什么狐狸和人了！"

"姐夫，如今只有你能救我们了！"

"娇妹，你是什么意思，你告诉我！"

"你手里拿着这把木头剑，站在门前，无论如何电闪雷鸣，都不要动，你能做到吗？"

"我能。"

"无论看到什么，都不要害怕，你能做到吗？"

"我能。"

孔雪笠拿着木剑，站在门前，随着一声霹雳，他看见自己的房子突然间消失了，眼前只有一座古墓，当中有深不见底的洞穴。一阵飓风吹来，连根拔起墓穴上的千年老树，无数老鼠奔逐逃窜，灰尘和沙土险些要迷住他的眼睛。孔生正在错愕，在荒烟雾霭中，他看见了一只黑色的鬼影，这鬼影有着很长的爪子和尖利的鸟嘴，从洞穴中抓出了一个人来，随着荒烟要蹿入九霄之上。孔生看到那件衣服，那只鞋子，认出来那正是我的衣服和鞋子，他顿时跳了起来，用尽全身的力气，把手中的木剑向那只鬼影劈去！

孔生，死了。

"松娘，你的丈夫死了。他是为了我们而死的！如果就让他这么死了，我们还活着干什么？"

"老祖，你说什么？让孔生替我们而死，这一切不是您安排的吗？"

"不！我从来没有这样安排过！我拼着这三千岁的命不要了，也要换他活过来！"

我让松娘捧着孔生的头，用金簪轻轻撬开他的牙齿，然后吐出了一枚红丸。我用自己的舌头，把这一颗红丸送入了孔生的嘴里，然后运着内力，让孔生把红丸吞了下去。

"老祖，你的红丸！"

"嘘！"

我让孔生吞下了我的红丸，他活了。背着孔生，松娘担忧地问我，没了红丸，以后可怎么办？我笑话她，"可真是个小孩子，以为我是靠着红丸，才成为一等一的狐狸精的！"……

可我的确是靠着红丸，才成为这家里的老祖的。

丢了红丸，以后，可怎么办呢？

算啦！再修炼一千年就是了。再见，孔生，这份知音之情，我会记住一千年的！我要去修炼了……再见，我所有的亲人！

寒川之血

　　午时阳光最盛的时候，她出现在巷口。她的眼睛眯着，因为阳光太过刺目了。包裹着她头发的那块旧蓝布帕子，随风微微掀动着。我感到呼吸困难。每当她走过我身边的时候，我的心跳，总会让呼吸有一瞬间的暂停。她来了，她走到我身边了。

　　"请让一下。"

　　她走了，她走过去了。我僵立在自己家门前，就像是在腊月里最冷的那一天，身体忍不住微微抖动，仿佛刚才走过去的，不是一个女人，而是一座冰川。她是上个月刚刚搬到这里的邻舍，她家只有母女二人，母亲耳聋，身上还有病，穷到家徒四壁，比我家还要穷些。

"闺女，来啦？"

"来了。"

"今儿个还是不大好。"

"我来给您换药。刚上时有些沙沙的疼，接着也就好了。这个药要上七天，今儿个才是第三天，我刚才瞧见，已经比一开始好多了。"

她去探望的人，是我的母亲。母亲一直感激她，也很想让我同她认识。可我宁可满手心都是汗地站在窗外，也不敢到屋里同她说话。母亲告诉我说，她叫小娥。

为了让小娥同我亲近，母亲总要同她谈我的事。絮絮叨叨，却听不见小娥的一句回答，对我的事，她一向置若罔闻。母亲讨好地说："我独生的儿子震生，虽说是个书生，好歹是男人，你家里有什么需要用力气的事情，像什么担水、背柴，你娘俩照应不过来的，喊他去做就行！"可她只是用冰冷的眼神看了我一眼，便翩然而去了。

我的母亲甚为荒唐，前去她家提亲。我娘说，她的母亲想要答应，她却一言不发，站起来走了，那就是不答应的意思。听了这话，我身上的寒噤又开始了。她太美了，那是一种凛然不容侵犯的美。在她面前，我就像是一道阴影，阴暗和龌龊全都一览无余。

我的母亲跟我说："我看她那个样子，是对你一点意思也没有。怕是她嫌我们家穷吧？这个姑娘，长得这模样，不光秀气，还有一股子大家闺秀的劲儿。你爷爷在世的时候，你的那几个姑姑在闺阁里，就有那股子劲儿。自从咱家抄了家，搬到了这个穷巷子里，这一二十年没见过这样的姑娘了。她呀，绝不会是出身于小户人家的女子。你说，一个这样的女子，怎么能穷到这个地步？她家里，可是连隔宿的粮都没有啊！"

母亲说，她对我一点意思也没有，可是见她家太穷，还是让我背米到她家。后来，她就时常来我家走动，炊饭、裁衣、洒扫、缝纫，就像我家的媳妇一样地劳作。半年过去了，她这座冰山始终没有融化，我的朋友们，凡是见过她的人，都说，这个人真是艳若桃李、冷若霜雪。我对她的爱和恐惧，也跟最初一样。

"你来一下。"

"小娥姐姐，你是在叫我吗？"我的上下牙齿就像在最冷的冬日一样打着战。

"这条巷子里除了我，只有你一个人，不叫你叫谁？"

"这是你第一次跟我说话。"

"虽然是第一次说话，可是我们好像已经很熟悉了。"

"小娥姐姐……"

"我们就像是一家人一样，也有一阵子了。"

"小娥姐姐……"

"这是我家。"

"小娥姐姐……"

"你，不要进来吗？"

"小娥姐姐……"

"你就坐在炕上也行。也没有什么吃的给你，你就喝口水吧。"

"小娥姐姐……"

那天我忘记了自己是怎么跪下去的。我只听见自己的声音说："我天天都想着小娥姐姐，要是见不到她，就好像是丢了魂一样。在我心里，我早已是小娥姐姐的人了……只是她就像是天，我就像是地；她就好像是天上的星辰，我就好像是泥沟里的烂泥巴……"

那一天，我果然看见了天上的星辰，每一颗星星都在，每一颗星星都在呐喊着，都在拼命地说——我很幸福。我从来没有那么轻，轻得好像一阵微风就能把我吹起。我从小娥家里出来，已经是后半夜了。我从来没有想象过，一个人从一无所有到拥有梦寐以求的幸福，只需要一夜。

"你上哪儿了？怎么才回来？"听见我进门，母亲问。

我如醉地说："我看星星去了。"

"太阳没落山就出去了，有什么星星可看啊？"

我可能是做了一场梦，一觉醒来，听见外头的声音，是小娥到了我家，正在帮我的母亲洗碗。我赶紧推门出去。我去握她的手，她打了我的手背，只轻轻一下，却火辣辣地疼。她手上的碗掉了，在落地之前，她一脚把碗踢到了半空，然后徒手接住了碗。

我听见了她冰冷的声音。"你家统共也没几个碗，要是打破了一只，你娘该心疼了！"

从那以后，小娥又成了让我望而生畏的姐姐。我总是努力让她想起来，我们曾经共度的，那香艳、销魂的一夜。我想让她想起来，那一晚的她有多么温柔，多么委曲求全，多么明白我的心意。可是，那就好像是一场梦，也许，它从来没有发生过。

小娥的母亲去世后，她就一个人住着了。我曾经在很多个夜晚，悄悄潜入她的窗下，可每次都门窗紧闭，听不见一丝声响。有一次，我实在忍耐不住了。我敲着窗户：

"小娥！小娥！小娥，是我呀！我是震生。你把门打开，让我进去吧。"

她家的门扉很薄，门闩也没有闩好。我便推门进去了，明亮的月光，照在那张我们曾经春风一度的大床上。床上空无一人，家里也是。小娥并不在家。这是半夜子时，我呆呆地站在屋子的正中。她到哪里去了？一时间，怀疑、愤怒和嫉妒在我心中汹涌。我仿佛一下子明白了，为什么她后来，对我不理不睬了……

第二日白天，她在巷子里对我说："我知道你在想什么，可这一切不是你所想的那样。我看到你搁在屋里的玉佩，知道你昨晚来过了。我知道你怀疑我，我也的确没有办法表明心迹，没有办法证明我的清白。那就随便吧，你爱怎么想都行。"

"可……你也可以告诉我，究竟是什么样的。无论你怎么说，我都会相信你……"在她面前，我总觉得很想哭泣。

有寒风在她眉间一凛。

"不说了。就说一件迫在眼前、不得不解决的事吧。自从那一晚以后，我已经怀有八个月身孕了。过不了多久，恐怕就要生下来。我能为你生，却不能为你养。生下来以后，你可以让你的母亲找个乳娘过来，把孩子抱走。"

孩子生下来，便被抱回我家了。我的母亲万般奇怪：这姑娘，为我偷偷生了一个孩子，却不肯嫁到我家。她欢喜极了，欢喜得一会儿在笑，一会儿又在哭。

最后一次见到小娥，是在一个深夜里。我从睡梦中惊醒，发现小娥站在我的床边。我惊坐起，接着，更加惊讶到说不出话来。小娥，穿着一身夜行衣，一双寒星一样的眸子，带着笑望向我。她的双颊绯红，就像跑了很久才来到我这里，又像是满面娇羞。这样的小娥，跟平常的冰冷不同，好像卸下了身上所有的武装。

"震生！我是来向你告辞的！"

"你要到哪里去？"

小娥撩开遮挡住面容的头发，从肩上卸下一只麻袋。这时，我才听到滴水声。从她进门开始，就不断地有水滴从她身后的麻袋中滴落下来。

"你看！别怕。你好好看看吧。这是我仇人的头。这么多年，我一直跟着他。他改任了三次官，迁居了三处，我都跟着他。我熟悉他，胜过熟悉你。为了他的缘故，我不敢有一丝一毫的放松，到今天，终于可以睡个好觉了。震生，我爱你。"

这话让我全身一震。这是从五月天山的冰雪中震下来的一道带亮光的霹雳，这是一种带着刺

目光线却又让人恐惧的东西。

"震生，这可能是这一生，我们最后一次相见了。我有大仇在身，不得不报。报仇，是天大的事情，远远大过我的生命，也大过我对你的眷恋和痴缠。好在我们已经有了孩子。我这一生，总算除了报仇，还曾有过一个你。我的父亲官至司马，因为这个人，就是现在躺在麻袋里的这颗脑袋，我的全家被灭族，我背着老母亲逃了出来，隐姓埋名，直到今天。震生！我爱你！你现在知道我每天夜里出去干什么了，不会再怀疑我了吧。"

小娥拔出那一把寒光凛凛还带有一些鲜血的剑，在地上支撑了一下，便像一道闪电一样消失了。最后印在我心上的小娥，手中拿着一把碧血剑，肩上背着仇人的头，满面绯红、笑容可掬。假如这个世界上有剑仙、剑侠，大概我的妻子谢小娥是其中的一个。是的，小娥是我的妻子，虽然没有聘书，可是她为我操持过家务，也曾为我生过一个孩子。我是一个苦命的书生，我的人生写满了"彩云易散、琉璃易碎"这一条箴言。别人的恋人是软玉温香，我的恋人却是冰川。冰川曾经融化过，小娥也曾经对我微笑过。她唯一的微笑，那么绚丽，却跟鲜血和离别一起。

无数个寒夜，我听见她留下来的匣中的宝剑，在发出弹筝般的异响。每当此时，我便凝神谛听，却很快归于寂静了。那宝剑边，有我亲题的一首小诗，在我的幻想中，我的妻子一定还活在这世上，只是，她不以我为意，不以我们的孩子为意吧！

　　我宁可她那样的人像蝴蝶一样飘散到天涯，也不愿意她早已把血肉浸透我脚下的湿土。

　　古剑寒黯黯，铸来几千秋。

　　湛然玉匣中，秋水澄不流。

　　愿快直士心，将断佞臣头。

　　不愿报小怨，夜半刺私仇。

逃不脱

　　我听说，人，之所以生老病死，皆是七情六欲所致。妖，无情无欲，就能不老、不死，与天地同寿。

　　我在世上千年，从未动过一丝感情，所以世人见到我，都只将我当成是一个孩子。直到那一天，从天而降一个大霹雳，如果躲不过的话，这千年的修行可就烟消云散了，就连骨头都会化成灰的！我害怕，我奔跑，我想找个地方躲起来！终于，在一处园林里，我看到了一个人……

　　那是一个人类的孩子。我躲在他的身下。雷霆在他头顶盘旋了半天，终于消散了。我，安全了。我知道，只要我做到我该做的，躲过这一次劫难之后，又会有一千年太平岁月。

我该做什么呢？我只要做一件事：报恩。

那天，一大清早，我就把红姑喊了来。我跟红姑说："我要去他家了。"红姑是知道这件事的，她马上点点头，变成了一个老大娘，慈眉善目，穿着一身挂着补丁的干净衣裳，谁看见她都会喜欢的。

过了河，走了桥，串了街，开了门。进了那个大宅院儿，红姑笑着跟那家人说：她是来给老太太送儿媳妇的。这家里一阵忙乱，跑出来了位贵气十足的老太太。虽然只穿着半旧的比甲，可那周身的派头，王母娘娘也比她不过。老太太喊我到她跟前儿，拉着我的手，问我叫什么名字。几岁了。

"我叫小翠！不是苹果也不是桃儿，我是石榴。我年纪啊，十六岁了！"

我就看见老太太咧开嘴，绷不住笑了！她这一笑，满堂紧绷绷的空气，全都松弛下来。老太太说，多谢你老人家一片好心，既然送儿媳妇过来，那这家里必得下个定，给些聘礼，才能显得女儿的尊贵。红姑啊，她的身份就是我娘，她说："要什么聘礼，这丫头在家的时候，吃的是稀粥粗食儿，穿的是破布麻条儿，到了这儿啊，住的是广厦高屋，穿的是绫罗绸缎，吃的是山珍海味，这还有什么不满足的？还要什么聘礼不聘礼的？再说，嫁女儿又不是卖菜，都有草标子记着，萝卜两个钱一斤，青菜四个钱一把，我这女儿，你看值多少钱呢？这真是笑话，哪有论钱称女儿的？"红姑说得婆婆连连点头，她真是一个好演员。

就这么着，我留下了。

红姑刚走，我就从丫鬟们的刺绣箱子里翻花样儿玩。婆婆送红姑回来，看见一群小丫头正围着我叽叽喳喳，不禁又笑了起来。她大概在想：这穷人家的丫头，傻虽傻，倒像是天上掉下来的，像从梦里变出来的，她来得可真是太巧了。

其实，世上哪有什么巧事儿，想要什么，就来什么。所谓的"巧"，都是前生的造化、宿世的因缘。人，要是做了好事，必有回响；做了坏事，必受其殃，这是天道伦理，谁也躲不过的。这家的老大人，就是四十年前的那个孩子，一只狐狸欠下了他天大的恩情，要是不报答他的话，雷霆是不会再放过我的。

就这么过了半个多月，我娘也没来看我。老太太问我家住在哪里，想要让仆人备上马车接我娘去。我告诉她："我家住在一棵大槐树底下，那树上还有两个鸟窝呢！"婆婆说："不是说这个，你知不知道，你家住在什么街？"我说："知道，我家住在石头铺的街。"婆婆说:"那街名儿叫什么?"我就笑了起来。我说:"街叫什么,我可就不知道了!我只知道,不管它叫什么,你喊它,它都不会答应一声儿!"接着,我还告诉老太太:"虽然那条街不叫什么,可街上有条狗,叫阿黄,还有只猫,叫狮子头,你站在街上使劲儿喊'阿黄',阿黄准能跑过来,喊'狮子头',猫却不跑过来,你说,这是为什么呢?"老太太叹了口气,慈爱地看着我,摸摸我的头。

接着,我跟元丰,就办了婚事儿,进了洞房。

元丰,我的夫君,他是一个傻子。虽然外头看上去好好的,脑子却不顶用,这事儿远近都知道,街上的人说的话,可难听了!他们说,都怪侍御王大人这一生聪明过了头,就生了一个儿子,还是个傻子!后来,远近又都在传:因为儿子太傻,就从穷人家里买了个丫头,配给儿子当媳妇。要不然,这傻儿子要打一辈子光棍儿,谁会把女儿嫁给这种人呢?到了成亲的那天,来的客人多,看笑话的也多,都想看看:这为傻儿子买来的乡下女人,到底是个什么货色?等到盖头一掀,厅堂里顿时鸦雀无声,半天才有人说话。场面上的话自然信不得,不过,等到夜深,当我偷偷地趴在树上修炼仙丹的时候,我听到喝醉了酒的客人说,这傻儿子真是有憨福，恐怕天仙下凡也不过如此。

我当然美，人类所能想象到的所有的美，都集中在我身上。我长的这个模样，跟古代的美人儿绿珠一模一样，要是你想看，我还能变成东汉的貂蝉、西汉的王昭君呢！我们在这世上活了几千年，什么样的美人儿没见过呢？

那天，正当我们像往常一样，快乐地蹴鞠，踢着那只我亲手缝的皮球的时候，我的公公，侍御大人，走了过来，被皮球砸中了脑门儿。机灵如我，和我机灵的丫鬟们，立刻就跑得无影无踪了。可笑我那傻元丰，还在乐颠颠儿地跑来跑去。侍御大人生气极了。这事儿让我们都挨了一顿好骂。不过嘛，这也阻拦不住我们踢球的兴致，毕竟，踢球多好玩儿啊！后来，又有一回，被我婆婆撞见了，我给元丰画了个大花脸！我们一起扮戏玩儿。侍御夫人气急了，她说："怎么把元丰弄成这个鬼样子！"她骂我，我就听着，我也不恼。我虽然不恼，夫人却越骂越恼，到后来，她气不过，抓起元丰就打，她用她的竹杖边打边说，她生出这个倒霉东西干什么！被一个野丫头欺负成这个样子。棍子落在元丰的屁股上，发出拍皮球一样的啪啪声。

我跪在婆婆面前，祈求她原谅元丰。想不到，

婆婆的气马上就消了。后来我才想明白，婆婆之所以生气，是觉得我欺负元丰，我不爱我的男人，她觉得我只是为了衣食进了侍御府，却拿她的儿子当猴耍。婆婆之所以消气，是因为她看出来了我心疼她的儿子，不亚于她自己。

从那以后，爹、娘就不怎么管我们了。这大户人家啊，有好吃的、好喝的，还有好些人在一起玩儿，这日子才叫无忧无虑呢！

我深深地知道，所谓放纵欢乐，只不过是一朝一夕的事情。人生，自忧患始，而终于忧患，要是只知道放纵，眼前的欢乐，迟早要被痛苦取代。可是人们往往不知道这个。不到事儿找到门儿上来，就还以为一切都好。作为狐仙，我知道侍御大人正在深深的危险中，可是他自己还不知道。

那天，我穿了一身官袍，戴上了一顶官帽，脸上粘了几绺胡子，骑着高头大马，又带了两个小丫头，把她们全都装扮成跟班儿的模样，故意去王给谏家门口转了一圈儿。当我们进门的时候，我公公急急忙忙地从后院跑出来，迎接冢宰公。当他看到我的第一眼，就愣住了。我的扮相是如此地假，连胡子都掉了一半，只剩下一半胡子在脸上，他当然一下子就认出我来啦！

公公的脸涨得通红，他知道我成天疯疯癫癫

的，没个正经，可是想不到我竟然做出这样胆大包天的事来。王给谏是我公公王侍御大人的政敌，这阵子正得势，成天琢磨着怎么摆布我公公。这下子好了，儿媳妇人不人、鬼不鬼地送到别人家门口展览！要是那王给谏到皇上面前参一本，就说我公公……犯了……嗯，犯了什么罪呢？犯了娶的儿媳妇太傻的罪？或者……家人得了不着调的疯魔病罪？嘻，还真不好说这到底犯的是个什么罪，瞧我给皇上出的这难题！到时候让他想出这个罪名儿，就得费半天脑袋！

公公婆婆想揍我，可是下不去手。想让元丰把我休了，撵我回家，可根本不知道我家在哪儿！我在他们眼里，就是个孤苦伶仃的人，出了这个门儿，就无处可去了。老两口关上门，愁了一整晚，连眼睛也不曾闭上过半刻！第二天，公公一大早去上朝，迎面儿就瞧见了王给谏。王给谏对着我那公公施了个礼，公公的脸就红了。王给谏说："听说，昨天晚上当朝宰相去拜会侍御大人了，是也不是呢？"我公公不知道该怎么答，红着脸一声不吭。王给谏疑心地看着我公公，突然间满脸堆笑，说了一声："走，上朝去！"

本来，过不了几天，王给谏就会给皇上写一个奏折儿，皇上看完了这个折子，就会把我公公发配到云南的一个穷县。可是这天，街上的人都看见了，宰相大人去了王侍御家了。王给谏派人去王侍御家门口刺探动静，一直到了深夜，还不见宰相大人出来。王给谏怕了，这个折子就再也没有写。

我知道已经发生的事，我也知道没有发生的事。我知道我自己改变了谁的命运，我也知道怎样做能把命运操纵在手中。

接下来，我又做了几件让侍御大人大惊失色的事，我闯下来的祸，就算是天儿整个地塌下来，也不能比这更严重了。有一天，那个看上去已经风平浪静，实际上还在盘算着怎么谋害我公公的王给谏来访。公公一听见，就赶紧地想要迎出来，可是怎么也找不到他见客的衣裳了，刚才还搭在椅子上的袍子，怎么就不翼而飞了？他一叠声喊着三四个家人飞也似的跑着给他找，这边儿，却已经出事儿了！那个王给谏在我们院儿里瞎转悠，便听见了我和元丰两个人打闹嬉笑的声音。他觉得好奇，早就听说这家的儿子一家又疯又傻，不知道是怎么个疯法，怎么个傻法？他溜到墙脚，捅破了窗户纸儿，往我们房里瞧，这一瞧啊，可真是让他大吃一惊，接着又心花怒放。他瞧见了，元丰穿着圣上上朝时的衣裳，就连头上的朝冠都跟皇上头上那顶一模一样，冠前缀金累丝镂空金佛，周围饰东珠十五颗，王给谏看得眼睛都瞪圆了，忽然看见我站起来说，咱们已经当上皇上了，走，上院儿里视察朝政去。王给谏赶紧地从窗边溜走了，跑到院儿里，脚步放得缓缓的，等着我和元丰拉着手大摇大摆地走出来。王给谏一声断喝，你们这两个不知好歹的，身上穿的那是什么？这时候公公已经找到了袍子，迎了出来，看到此情此景，吓得筛糠一般地抖，这谋逆，可是灭九族的勾当！前朝洪武年间，胡惟庸谋反，三万多人受牵连而死，那流的血，把河都染红了，这段儿往事，我可是亲眼见过的。王给谏白眼看了一眼公公，"哼"了一声，大步地走了。接着，他就向朝廷上了本，一队御林军闯进家中，掘地三尺地搜查，看那龙袍和朝冠在哪儿。

他们找到了龙袍，那是用淡黄色的破包袱皮做的。他们也找到了朝冠，那是用高粱秆儿编的。

他们把这些东西摆在皇帝面前，皇帝哈哈大笑。皇上说，这是这些天发生的最好笑的事情了！一个大员上本，一队御林军搜查，找到了这么几个集市上卖的、哄小孩子玩儿的玩意儿，真让人捧腹！皇上笑得停不下来，好容易停下来了，他说："多少年都没有这样痛痛快快地笑过了，这肚子里的气，早就已经散了。现在就请你们把那一家的假皇帝带过来，让我看看是个什么货色。"后来，元丰就被带到了皇帝面前。元丰，是个傻子，智力只有三岁孩子的水平，虽然个子高，可看上去一团呆气。皇帝看见他，笑着挥了挥手，说："下去吧。你们演了这一出，是来逗我老人家开心的吗？"

皇上被我逗笑了，侍御大人被我吓哭了，这王给谏大人啊，这回可被我害惨了！他被发配充军，去了云南——而这，本来应该是侍御大人，也就是我公公的命运。全家人被这突然的转机弄得不知所措，如今，公公婆婆似乎意识到了，我的来历可能非同一般。婆婆逼问着我，我是谁，从哪里来。我笑着告诉她说："我是玉皇大帝的女儿，嫦娥仙子的妹妹，怎么样，我像不像呢？"现在的婆婆，可能真把我当神仙看了，就算我这样说，她也是一副快要相信的表情。

每次公公婆婆都彻底原谅我，可是没多久，就会发生一件让他们无论如何也不能接受的事情。那件事过去，家里人已经把我当神明看待，无论发生了什么，都不会说我半个不是了。他们能接受我做任何事，只除了……我把元丰杀了……

元丰，他是个傻子。

他长得很好看，跟侍御大人年轻时候差不多。可是，他就是个傻子，从生下来就傻，一脸呆相，就算不说话，人家也都能看出来他傻。我来到这家里，嫁给元丰，已经三年多了。公公婆婆逐渐地关心起一件事，就是他们什么时候能抱上孙子。可是，他们问了丫鬟们才知道，我和元丰，一向都是分床睡的。作为狐仙，我已经来到这世上一千多年了，可是从来没有对什么人动过情，男女之私，唉！我早就听说，那可是修成卜仙的第一大忌。

　　那一天，婆婆让人把我们屋子里元丰的床抬走了。这天晚上，我被迫与元丰同榻。我自然是无情无欲的，元丰，他童稚未开，也是一片懵懂。第二天早上，元丰去找他的母亲说，你把床还给我！昨天夜里，小翠睡着睡着，把脚蹬到我肚子上了，她睡得这么不老实，我不要跟她睡！婆婆自然是不肯还床的。还让我们天天夜里一起睡。他是一个大男人，我是……我是……我是狐仙，本来以为，我为报恩而来，嫁的又是这么一个傻子，这男女之私，跟我有什么关系呢？可自从每天一起睡，我的身上，都被浸透了人的气息了……

　　这妖精，一旦动了凡心，爱上了人间的男人，距离修炼成上仙，就远了一步了。要是不小心的话，还有可能万劫不复，永世不得翻身，雷峰塔下的蛇精就是前车之鉴。我小翠，是为报恩而来，三年多来，跟人耳鬓厮磨、朝夕相处，在心里头，我都快要把自己当成人了！前天晚上，我得了一个梦，梦见雷霆之神对我说，我所欠王家的情，就差一步，就能还清了。两年前，我就可以做这件事，这是对于王家最大的报恩，为什么拖延到今天还不做呢？从梦中醒来以后，我决心去做了。可是，我害怕……元丰，我倒情愿他是个傻子，而不愿意，他……

那一天，我把元丰杀了。

那一天，我在屋子里洗澡，元丰看见了，嚷嚷着也要跟我一起洗。我就让他进来，让丫鬟们倒了一桶热水，让元丰洗。这水太热了，元丰大呼小叫，说要烫死他了。我死死地按着他，不让他出来，炽热的水蒸气一直冒上来，他喊着："小翠，我喘不上来气！"我就把他的头按到了热水里。元丰，不一会儿，就再也没有气息了。

丫鬟们吓得跑出去喊人。婆婆一会儿就来了，婆婆说："你……你这个冤家，你为什么杀了我的儿子？"

我就回答她说："这么一个傻儿子，能顶什么用？等你们二老年纪大了，他难道能照顾你们吗？"

听我这么一说，婆婆气得哭了起来，她说："就算是个傻子，也是我亲生的，你杀了他，还不如杀了我！"她哭着哭着，一头向我撞来，恨不得与我同归于尽。那边儿突然听见丫鬟们喊着："活了！活了！公子喘气了！"婆婆奔到床前，就看到，元丰已经自己坐了起来。元丰说："这是在哪儿？我怎么觉得，我是在做梦？你是小翠吗，我们是在这里认识的，还是在梦里认识的？"婆婆一看，元丰，他好像不傻了。她喊过来了公公，两个人围着元丰问这问那，无论问什么，元丰都能答上来，他真的不傻了！

这是我为王家，所做的最大的一件事。侍御大人的儿子，虽然人活在这世上，他的魂灵却还在天上，所以在这世上的，只不过是个躯壳，行尸走肉而已。我把他的灵，从天上唤了下来……

从此以后，元丰，就有了灵。

元丰，他的灵来到了这世上，他睁开眼睛第一眼，看见的就是我。他的身体有一点朦胧的记忆，那声音，那香气，也都是我。元丰，不是妖，也不是仙，他是凡夫俗子，他是一个人间的男人。他第一眼就爱上了我。

我本来计划，在元丰醒来之后，立即离开王家。我所欠的王家的恩情，已经报答完了。可是，我很快发现，我又欠下了一桩比雷霆渡劫还要大的债，我，欠下了王元丰海一样深的情债。

他的眼睛，只是跟随着我左右。他的心思，只是放在我身上。他的手，一直要拉着我的手，无论我走到哪里，他都要跟到哪里。我跟他说："元丰，看书去！写字儿去！好好进学！"他却跟我说，只有我陪在他的身边，他才看得下去书，写得下去字儿。因为害怕发生这样的事，我拖延了好几年，到如今，到底还是躲不过，我深深地知道，如果我离开，那就是带走了元丰大半条命。

我对自己说，他不过是只有几十年生命的人间的男人，我却是无情无欲的狐仙，所以才能上千年地活下去。若是为这段深情感动了，我，作为妖的生命，就终结了。

我，离开了他。

我安全了。元丰不会找到我的，王家的人也不会找到我的。这两年，我走过各种地方，看过各色山水，享受过彩虹、云霞和雾岚，品尝过仙露、圣水和澧泉。我的功力，大大增长了。我也很清楚，因为报恩成功，接下来的，都会是太平的日子，不会遇见什么危险。直到有一天，我跟红姑，我们俩在一个荒废的院子里玩儿的时候，突然听见了熟悉的马蹄声。是元丰，经过这里。

离着有二三十里的时候，红姑便说，你家汉子来了。我向空中嗅了一下，整个天空都是元丰的气味。我可以趁这个时候跑掉的，可是，我没有走。等到元丰到了跟前，他看见了我，他握着我的手，哭得倒在了地下。他说："小翠，你知道我有多想你吗？小翠，这两年你去哪儿了，每时每刻，我都在想你。每天一睁开眼，我都以为你在，每天都会醒过来一遍，告诉自己，小翠不在这儿，每当那个时候，我的心都会疼……"我往元丰身上摸了一把，笑着说："你怎么，瘦得，只剩下一把骨头了！"这时候，门外传来了老太太的哭声，她奔到我面前，拉着我的手说："小翠，真的是小翠吗？孩子，以前所有都是我们做错了，有什么对不住你的地方，全都忘了吧！回家吧！我已经老了，小翠，你就好比是我亲生的孩子，我怎么经得住跟你骨肉分离啊！"

唉！到了这个时候，我突然间感觉到，心里狠狠地疼了一下，眼窝一酸。糟了！我知道就这一下子，自己的修行已经失掉了两百年！情，催人老，唯有太上忘情，才可以与天地同寿。我心里反复念叨着修行时的咒语，想要把自己的心拉回来。可是，已经拉不回来了，我的脸上流着人类称之为眼泪的东西，强忍着心里的痛，我笑了，拉着元丰和婆婆的手，说："走，我们回家。"

是人，都怕被狐狸精缠上，可是谁也不知道，狐狸精也害怕被人缠上。自从堕入情魔，着迷地爱上了元丰和王家这一家人，我就知道，这一劫，我恐怕要渡不过去了。还好，在只剩下一百年道行的时候，我用我最后的法力，把自己变成这个城里最美丽的少女的模样。元丰知道我长得变了样，他说，怎么不如以前好看了？要知道，绿珠可是五百年才出一个的美人儿，这个城里哪会有呢？当我再次消失的时候，元丰一家在街上看到了那位少女，把她认作是我，娶回了家。我脱身了。

狐狸的一生真是太艰难了，就算躲得过雷霆，也躲不过爱情。

画皮

这是一个露水沉降的早上。天空中刚刚有一抹光亮，大地还在黑暗中，仿佛在等着迸发那一刻惊人的破晓。那个姓王的读书人，已经行走在乡间的田埂上了。

王生二十七岁，早就中了秀才，家里不愁生计，他也不再有什么上进的志向。跟那时候的多数小地主一样，他只需要每年两季催催租金，就可以过上丰裕的生活。昨天，王生下乡催租，乡里的佃户们为了讨好老爷，给他备了牌，陪他打了一宿，快到天亮才散。尽管佃户提醒他说，寅时最为凶险，是百鬼夜行的时刻，不宜在路上行走，可他完全不信。

从他隐约看见前面有个人，到快要跟那人并肩齐行时，他一直在纳罕，怎么这路上，还有其他人在行走。等到他看到那人是个千娇百媚的女人时，这纳闷儿更深了。

"哎！前面那个小娘……小娘子，你怎么这个时候在路上走？寅时最为凶险，百鬼夜行，你一个人不怕吗？"他拿出刚刚听到的那些话来跟她搭讪。

"别问我这些，你一个过路的人，又帮不上我什么忙，问什么问啊！"她的话显得气冲冲的，可是入耳绵软，仿佛一触即化的甜杏。王生顿时心花怒放。

"别急着走啊！看你这个样子，只怕是碰上什么难事儿了，请你站一站，有什么话你告诉我嘛，你怎么知道我帮不上忙？我想帮你，一看你这个样子，我就想帮。"

那人已经在同他并肩行走。两人挨挨擦擦，若是旁人在边上看到了，会认为是两口子一同出门。"实话对你说了吧，我无处可去。我刚从他们家逃出来，我是让我爹娘卖到他们家当小老婆的，想不到大老婆这么厉害，昨天还挨了她一顿好打，你看看，这小腿肚子，都让火炭给烙了！我这要是不逃出来，我就被她弄死了！"

那人撩起自己的裙子，给王生看她的光腿。王生的心突突地快要跳出来了。他蹲下去摸了一把那小娘子腿上的伤疤，又不由分说地用手指蘸了舌头，把唾液涂在她的小腿上，仿佛这样可以为她止痛。

"哎哟！心疼死我了！这是什么……恶毒的女人！让我摸摸，这得上药了。上我家里去，给你上点药吧。不瞒你说，我最讨厌容不下小老婆的恶毒妇，这种女人，就是因为自己年老色衰了，不能得到男人的喜欢，所以看见年轻漂亮的小媳妇就想害！真是丑人多作怪！你落到了她手里，皮不剥了你的……"

作为一个正常的妖怪，每隔一段时间，总得要弄一颗人心吃吃，才能保持身体的健康。从小到大，也不知道吃过多少颗人心了，孩子的心，淡淡的，一股子青木瓜的味道，没什么吃头，女人的心呢？那要看缘法，偶然能吃到一颗甜的，恋爱中的女人的心，那可是真甜啊！可绝大多数，都是苦的，有的竟然比黄连还苦，呸！这一辈子啊，我都再也不要吃女人的心了！

所以现在，我专门吃男人的心。

王生把路上遇见的那个女人，那个大户人家的"奔妾"，带到了自己家里，把她藏在了书斋中。根本等不到天黑，甚至还未过午，两人就把门顶上、窗户掩上，做起那不可告人的事情。

事毕，那美人扑在王生身上，勾了他的脖子，问道："王哥，我们都这样了，妾身这一辈子，就跟了你了。只是不知，你，是不是真心呢？"

"真心，真心！小心肝儿，哥哥都快融化了，怎么能不是真心呢？"王生确实不曾体验过这样的风情。

"只怕这会儿真心，待会儿下了床，就不是真心了。"

"怎么会，这颗心，永远都是一颗真心，你想要，就给你……"

那小娘子甜媚一笑："那你的大老婆呢？你的真心，是不是也有她的一份？"

"有个鬼！"王生暴躁起来，"我对她，不过是敷衍了事……"

所以王生老婆的那一颗心，吃不得，那种透心的苦味儿，你只要吃过一口，管保就不想吃第二口了。我一心想吃的，是王生的这颗心：骚气无比，就像一颗上好的猪腰子，坚硬又有嚼头，咬一口，脆、韧，别提多好吃了，而且，管保半年都不带饿的！我要再加把劲儿，让这颗心再骚一些，再硬一些，吃起来才过瘾呢……

王生翻身，顺水推船，两人再次逐鱼小浪尖。情至欢洽处，那小娘颤声娇唤："王哥，我现在信你的心是真的了！把你的心给我！"

"给你，我的好妹妹，就把它放进你的肚子里，再也别拿出来……"

此时响起的拍门声，比死了爹时的"报丧门"还让人恼火。更恼火的，是随之而起的女人喊声：

"大郎！大白天的，关着这书房门干什么？好几天都不回家了，你在这书房里干什么呢？"

王生把那小娘子压在下面，两人一动不动。

"大郎！你开门呀！我知道你在里面！"外面的女人拖着哭音。

那小娘子的娇声打破了屋里的寂静："王哥，我好怕！你家大老婆好生厉害啊！"

明知道屋外的人都能听到，王生却还是柔声安慰道："别怕宝贝儿，她伤害不到你的。"接着抬声喊道："我在里面读书，不要打扰我。"

"读书、读书？哼。别骗我了。不管你在里面干什么，都要听我一句劝：来路不明的东西，不要据为己有！免得招惹祸端！"

看来，早有嘴碎的跑去报知夫人了。王生也是从这句话里，感觉到了夫人的底线——她到底还是退缩了。他大声说："知道了！你走吧！"

那脚步声消失时，王生对身下的她说："宝贝儿，别怕，她走了……"

"王哥，人家怕得脚都软了，连你都不敢得罪她，说什么'我在里面读书'，她又是这么凶狠，叫我'来路不明的东西'，你说，我是东西吗？"

王生还在庆幸夫人没有计较，听到这女人的话，才恍然大悟，原来刚才，自己老婆欺负了她。那还了得？自己的黄脸婆，怎么有脸欺负心爱的她？

"宝贝儿，这次是我错了，仓促间没反应过来。下次她要是再敢这么着欺负我的宝贝儿，我把那个贱人的脑袋揪下来。别怕，有我呢，你现在还不知道，以后日子长了你就知道了，我，一点也不怕她。她拿我啊，一点办法都没有。你听，她已经走远了。"

"真的走远了吗？我不放心，王哥，你起床看一看。"

"好哒，宝贝，你躺着别动，等我一会儿过来再疼你。"

王生光着身子走到门前，打开了门，往外瞧

了一眼。

"你看，走了，门口没人了。"

等他走到床边，却"咦"了一声：

"宝贝，你在哪儿呢？没在床上？"

王生的老婆叶氏离开以后，床上的那个女人支使王生到门口望一望。王生听她的话，走到了门口，开门一看，他的老婆果然已经离开了。当他再次回到床上的时候，却找不到那个女人了。他东张西望，却看见一只青面獠牙的怪物站在了他的床边，王生大惊失色，他担心自己的小老婆已经被怪物吃了。

却一转眼，看见怪物挂在床边椅子上的一张皮。那张皮，便是一张美人皮。那怪物发出狞笑：

"是我啊，王哥，你不认识我了吗？你看，我穿上这张皮，就成了你的宝贝儿；我脱了这张皮呢，就要吃了你的心！"

光天化日，朗朗乾坤，我坐在自己家里，却不料，祸从天上来。我的丈夫王大郎，被妖怪吃掉了心，这可怎么好？我赶到书房的时候，王大郎直挺挺地躺在床上，胸腔裂开了，心已经没有了，血流了一床，没有一点活气了，这可怎么好？我两手冰凉，双腿发颤。

听有人说，他们看见一只绿色面孔的妖怪，手捧着王郎的一颗热腾腾的心，狞笑而去。而床边，挂着一张美人皮，是那只妖怪留下来的。我早就对大郎说过，不要轻易相信那些用色相魅惑你的女人，大郎从来都不听。他不信我的话，所以送掉了一条命！

大郎！你好傻啊！我是跟你过了十来年的亲人，我一向待你很好，含辛茹苦操持家务、照顾公婆、养育孩子，为什么在你心里，我还比不上刚认识三天的妖怪？就因为它有一张美人皮吗？

可笑真可笑，头上戴绿帽。

有人命不长，只因瞎胡闹。

王生的妻子叶氏气得浑身发抖，要撕裂那张美人皮，却有人在虚空中大喊一声：

"哎！住手！"

一只青面獠牙的妖怪让她把皮还给自己。

"那是我的皮！"

不等叶氏说什么，妖怪已经把自己套进了皮里，变成了娇滴滴的小美人："娘子万福，奴婢这厢有礼了！"

那个挖心画皮的妖怪，又回来了。叶氏本来以为对方已经被吓跑了，却想不到如此胆大。叶

氏惊慌不已，因为她觉得，对方回来的目的，就是取走她的心，吃掉她的心。

"哟！大娘子，这样的丈夫，还要他干什么？你的丈夫说了，你是个贱人！为了讨我欢心，还跟我说，要把你的脑袋揪下来。"

"臭妖怪，别说了，要杀要剐，随便你！这里，有我的心，你拿走吧！"

"我要你的心干什么？它不仅苦，而且就在刚才，已经碎成渣渣了，这样的一颗心，还能吃吗？喂狗人家都不吃呢！"

叶氏仿佛觉得，这妖怪反而更懂自己的心，想起丈夫的残忍，连妖怪都不如，不禁大声哭泣起来。

"你们人类，真是蠢死了。就为这么一张皮，就能说出那么多傻话，就能背叛亲人，就能连命都丢了。多么可笑的男人！女人呢？更可笑，就为了这么个男人，还哭呢！"

妖怪仿佛看破了人类的真面目，从此再也看不起人类，得意扬扬地走了。

为了一张美人皮，男人出卖了自己的老婆，还送掉了自己的命，眼泪流成河的叶氏，一天之内，遭遇背叛、丧夫，还被妖怪羞辱，她觉得，自己是这个世界上最为不幸的人。

正当一切都陷入绝望之时，一个疯乞丐从外头走了进来。

"哎！那个女人，你在这里哭什么？"

"我的丈夫，死了。"

"你想把他救活吗？"

"想。"

"救他干什么？把他救活，他活了还要找美人

皮，不值当，还是死了好！"

"我是他的亲人，要是能把他救活，就算搭上我的命我也愿意。"

"这世上的女人，可真傻，要是赶上妖怪一半的聪明，也不会受男人欺负了！来，你给我过来，这里有一颗狗心，你给我吃了！"

在疯乞丐的逼迫下，叶氏吃掉了那颗生的、热腾腾的狗心，这时，奇怪的事发生了，那颗心从她的喉咙里跳了出来，不仅完整，而且热腾腾的，接着，那颗心飞到了王生的胸腔里，成了一颗完整的心，王生，活了。

从那以后，换上了狗心的王生，跟他的妻子叶氏，度过了平静而幸福的一生。这个故事也许告诉了我们：有很多男人的心，还不如狗的心好。

窦女复仇记

当你不再听到哭泣声的时候，我，已经死了。死，是很容易的。就在一个时辰以前，我亲眼目睹了，我的孩子，那个小小的婴儿，死在了我的怀中，临死之前，他连啼哭的力气都没有了，只有身体偶然的抽搐让我感觉到他的生命。当他不再呼吸的时候，他看上去就像是睡着了。还是那一具小身体，一点也没有变，可是生命，却像是一股烟，从他身上飘走了……

这个生命，是从哪里来的？他是从我肚子里出来的，南三复把一个生命放进了我的肚子里，他就在那里面长了起来，到了四五个月的时候，他活了，他开始动，每天都在提醒着我：我在这里！你藏不起来，也拿不掉我！冤有头，债有主，快去找那个叫南三复的人，只有他有办法解决这一切，否则就是死路一条！可是南三复在哪里呢？他不是说了，我是他的，可他怎么不要了呀？

我半夜从家里逃出来，找到了那个山坡，我听他们说，他们把我的孩子扔在一棵玉兰树下。我找到了这个孩子，他还活着，还剩下一口气。我抱着这个孩子，出现在南三复家门前。我使劲儿地拍门，使劲儿地拍门，把我的手都拍肿了。

"开门哪！是我呀！南三复！财主大人！就算你不心疼我，你不心疼这个孩子吗？他可是只剩下一口气了！南三复，你开开门，以前那些事你全都忘了吗？你忘了你是怎么对我说的吗？南三复，你开开门！"

我是窦女。

我家里是一户农家，我的爹爹名叫窦廷章，我们全家都活在晋阳大财主南三复的田庄上。现在，我要死了。死，也并不难。当一个人的力气都用尽了，心也已经破碎了，她就要死了。

一个空灵渺茫的声音，从头顶上传来：

"晋阳女窦小婵，年一十六岁，阳寿一十六岁，生于癸未，死于戊戌年，丙辰月，丁卯日，己

卯时。时辰已到，阳寿已尽。窦女！"

那人穿着黑衣服，背对着我。我听见他喊我的名字，急忙答应了一声：

"唉！"

他说：

"跟着我走。"

我问：

"去哪儿？"

他说：

"去酆都城、阎罗殿。"

我死了？我这才明白过来：他就是无常。他要带我走。这一走，我怕是再也回不来了。

无常对我说："你死了。"

我忙问：

"我的孩子呢？"

无常的回答让我心头一颤。

"它不是你的孩子，它只是索债的冤魂。走吧，快走吧！"

不行！我不能走！看到我这个样子，无常竟然开始好言相慰：

"哎呀，魂已离体，不走也回不去了。你要是不跟着我走，不知道哪年哪月才能找到酆都城，不知道哪年哪月才能转世投胎啊……"

可我，就是不能走。不但不走，我还要回去。我转身，向着那虚空渺茫处跑了起来。我要回去！回去！

我听见无常的声音远远地传来：

"哎呀，傻瓜，你跑什么呀？活着的时候尚且不是对手，死了又能把他怎么样呢？"

我跑着离开了那个吐着血红舌头的无常，跑到了一片烟雾茫茫当中，我朝着南三复的家门跑去，虽然辨不清方向，可我心里知道方向，巨大的仇恨就是我的方向。

我，窦小婵，我已经死了。那个叫南三复的人，他应该死，可是他还没有死。

远远地，在一片烟雾当中，我看到了南三复家的大门，那个我从来没有进去过的，朱漆大门。黎明未至，天色漆黑，南家的人，尚都昏昏地睡着。这次，我进来了。我，窦小婵，活着的时候，我没能进到南三复的家门里；死了，我才进来了。

我踏过我的尸体走上前去。有一位仆妇，正在我的尸体边，同守门的阍者谈话。

"昨儿个是你跟她说的话，她说什么来着？"

那个守门的阍者，昨日待我颇为温柔，此时回答仆妇，眼中似乎还包着泪。

"她说，让我替她去求老爷，说只要老爷一句话，就能救她一命。她说，老爷头里许下她了，要娶她回家做太太，让我问老爷，有这话没有？她说她爹快要把她打死了，让老爷出来认下这个孩子，她家老大人就能饶他们娘俩不死。"

"唉！那你去回老爷了没有？"

"我哪敢这么说！老爷的意思，不娶个县官女儿，便娶个进士嫡女，咱家里有钱，就要娶个有势的。跟赵家的亲事，已经定下来了。过不了几天，就该接亲了。这窦家的，老爷早就有话了：没见过、不认识。"

"怎么能说没见过呢？光我，就亲耳听过老爷说备车，到青山庄去。青山庄，不就是窦家吗？那你怎么跟老爷回的？"

"唉！我说，那窦家的，不管怎么，先让人进来吧，就算是个过路的，也不能让人家在咱家门口死了。"

"老爷怎么说的？"

"老爷气得把桌上的茶杯都扫到地上了，老爷说：逼老子认，老子偏不认！"

好啊，南三复！我如今，满腔的怒气又能怎样，正如无常所说："活着的时候尚且不是对手，死了又能把他怎么样呢？"

我的叹息声，似乎可以传出去，传到阳间的

人的耳朵里。因为那仆妇突然全身一震，对着我所在的方向，眼睛空洞洞地说："谁？"

阍者问她："什么'谁'？"

仆妇说："有人在这儿叹气呢！"

阍者疑惑道："你听岔了吧？"

好，既然可以让他们听见，那我就更大声一些。我刚死，当然知道：活人听见这种声音，是要吓个半死的。我的哭声越来越大，听说古时候孟姜女可以把长城哭倒，如今我的哭声，能把南三复家的朱漆大门哭倒吗？

阍者也颤抖起来，向着天空发问："谁？"

仆妇拉着他逃窜，口中还大喊着："鬼啊！冤鬼啊！"

不错，我是一个冤鬼。

我住进了南三复的家里。每天，一到夜里，便出来游荡。我经常见到南三复，虽然害死了我，害死了他亲生的孩子，可他一点愧色也没有，还是照常赌博喝酒，欢天喜地的，要迎娶新娘子。一个穷人家的女孩儿，在有钱人的世界里，在这个世上，是一点分量也没有的，可惜，我知道得太晚了。

在书房里，我听见了南三复跟别人的对话。我知道了南三复要娶的那个女人是谁。为了娶她，而宁愿让我死在门外。我知道了那个女人的家住在哪里。

"赵家太太，你知道吗？"

"我知道什么？"

"知道南三复是个什么样的人。"

"南大官人啊……南大官人是个好人！"

人在睡梦中，是不暇多想的，自然有什么就说什么。我找到了那女人的家，潜入了她母亲赵老太太的梦。我要阻止这桩婚事。

"是个好人吗？请您说说看，他哪里好了？"

"他呀，岁数是大了那么几岁，可是啊，会疼人儿！我每次去他家呀，都是他亲自陪着，周到殷勤，比我那亲生的儿子好多了！他家里又有万亩良田，这整个晋阳啊，有一半儿都姓南！"

"这么说，赵太太是打定了主意，要把自己的女儿嫁给那个姓南的了？"

"嫁，嫁！嫁给他呀，净是好日子！嘿嘿嘿。"

她把我气得都笑了。我终于明白：只要家里有良田万亩，就可以随意做任何事，害死一个女人，还有十个女人等在后面，巴望着自己被他害死。就算那女人不肯，他们家里的人也肯。毕竟，他们能得到实惠，会不会害死女儿也不定准，说不定害不死呢！

可是，这般歹心歹意的人，只要害，就是死。

"赵太太，您太糊涂了！你可知道：南三复是个禽兽不如的人，你们休被他面儿上的那些殷勤骗了！不要把女儿嫁给南三复！不要把女儿嫁给南三复！不要把女儿嫁给南三复！"

我在她耳边大喊大叫，我的鬼的声音，比我做人时候的声音要凄厉万分。

赵家的老太太做了一个奇怪的梦，在梦里，有人让她不要把女儿嫁给南三复，因为他是一个负心汉。醒来以后，她觉得这个梦不吉利。可是她想来想去，还是放不下南家的富贵。没过几天，就是接亲的日子了。赵家按照原定的计划，把女儿嫁了过去。就在接亲前夕，赵家的女儿突然泪流满面，她说她不想嫁。

"哎呀，女儿，你这又是为什么呀？"

"如果你让我嫁给南三复，我就去死！"

"女儿，别说怪话了，婚车都拉到咱家大门外了！你看，这十六匹马拉的车，这全城的人都没有见过呢！南家，真是太有钱了，女儿，要是我还有一个女儿，我就让第二个去了，让她去当南太太，看你羡慕死！因我只有你这一个女儿，只好嫁你了，你嫁也得嫁，不嫁也得嫁！"

她还是嫁过来了。

仆妇们围着她说："夫人，您进了这门，就是我们这一大家子的主子奶奶了！我们大家给您先磕三个头，您以后要照应着我们！"

邻居又对她说："南太太，您今年多大年纪？十七，还是十八呀？这么年轻，就当了这么大一个家，您可真是好福气啊！"

无论人们怎么恭维她，这年轻的赵小姐始终一言不发，无论是婚礼上，还是当天夜里的洞房中，都没人听见她说一句话。

这赵小姐，只是哭。

"你哭什么？嫌我长得不够好吗？你丈夫，虽比不上潘安、子建，可也算得上是仪表堂堂。你抬头看看我呀？"

我抬头看了一眼南三复。我知道南三复能从这个眼神中认出我。

"怎么倒像是窦女？我一定是看错了。"

南三复自言自语。接着，他吹了灯，大概是不想看见我。这天晚上，就算是心里发毛，他也还是痛快地当了一回新郎，享受了一番"新人"的滋味。

南大官人，这滋味，还好吗？

三日以后。有人敲开了南三复家的大门。是赵家的老太爷，也就是南三复的岳丈大人来了。

他一路哭泣而来，又悲泣而入。

"岳丈大人，何事悲泣啊？"

"刚才在后园桃树下，发现了女儿的尸首，尸体都坏了，死去几天了！"

南三复分辩道："这三天，你女儿都好好地在我家里，哪里也不曾去。什么尸首？跟夫人有什么关系呢？"

南三复向着里面喊道："夫人！快出来见一面父亲！"

新来的南太太，也就是赵家的小姐，从房里走了出来。一看见她的父亲，就倒了下去，变成了一具尸首。人们面面相觑，他们急忙赶到赵家，寻找到另一具尸体。经过人们扎堆儿辨认，他们确认了：赵家的那具尸体，是赵小姐的；家里的这具尸体，却是窦女，也就是我的。赵家的姑娘，在迎亲之前，就背着人悄悄地死了，让人们扶着上轿的那个人，就是窦女。窦女打扮得花明柳媚，赵家人竟然没有认出来是她，只当她是赵小姐。

赵小姐从来没有到过南家，是窦女嫁到了南家。那么窦女，究竟是活人，还是死人呢？人们打开了我的棺材，发现里面并没有尸首。

这一切，是怎样发生的呢？让我们回到那一天，就是接亲之前的一夜。

无常对我说：魂已离体，再也回不去了。可我偏不信。我找到了我自己的坟，钻进了自己的棺材，又竭力想要挤进自己的身体。

你试过从一个极窄的裂缝，挤进一座花园吗？你尝过头都要被挤掉了的感受吗？你没有尝过，因为你是人。我却是鬼，鬼已经不害怕再死一次了，就算是头被挤掉了，又有什么关系？

我回到了这座自己曾经居住了十六年的"房子"。它处处不听使唤。但是没关系。虽然举止有一些僵硬，但它可以动了！虽然不能说话，但是有很大的力气，可以推开头上的棺材板。可以爬出来，爬，爬，爬……我站起来了！我，我跑动了！我能跑了！我这死亡的躯体，我这一具死尸，能跑了！我，跑！

我跑到了赵家，赵小姐已经在后花园一个无人的角落里上吊了。我是第一个知道的。

赵小姐听说了南三复的薄幸……我曾把我们之间发生过的一切，用了三夜的时间跟她讲清楚，每晚都说的一样的话。

我穿上她的衣服，等待着，我要嫁给南三复。我要嫁给南三复！

我，窦女，活了。

你们等着我好了，你们等我啊，南三复，你等着我啊，南家的所有人，等着我啊……

谁也没有听说过，竟然会有尸体活过来，又在活人的世界中生活了好几天。也就是说，这么几天，南三复始终在跟一具尸体一起生活，怀抱着一具尸体睡觉。这件事太骇人听闻了，闹到人人皆知，以至于惊动了官府，窦女的父亲趁机上告，言说窦女的冤情。官家差一点就要把南三复问斩了，在最后一刻，南三复的银子发挥了作用，这件事被判定为"民间讹传、荒诞不经"，也就不了了之了。

后来，过了好几年，都没有任何人，敢把女儿嫁到南三复家里。南三复没有办法，只好到远处求亲，借着旅行的机会，聘定了二百里之外的曹进士家的女儿。

又一个如花的少女，跟这个男人——南三复，有了婚姻之约。

有一天晚上，有人敲开了南家的大门。

"我们来了三口人，是来送姑娘的。这会儿皇上四处选秀，凡是定亲的人家，都忙着把女儿送去夫家成礼，我寿阳历来是选妃重地，家家户户都往外送女儿。事出仓促，没顾上事先写信。"

曹家的几个人，把曹家小娘子送到了南三复家里，接着，就都辞去了。他们留下了一个小箱子，箱子里装满了金银首饰，说是曹家的妆奁。他们还说，曹家的妆奁不止这些，有二十几辆马车，还在路上，他们要去接车，等嫁妆齐了，再择吉成礼。

这可把南三复高兴坏了，想不到一切如此顺利，很快，他就要人财两得了。

按照规矩，曹家姑娘就算是住在南三复家，成婚之前，他们也是不能见面的。但是南三复不是那样守规矩的人。当天晚上，他便敲开了未来新娘的门。

"你的父亲，还好吗？"

"……"

"你怎么不说话？"

"……"

南三复变得紧张、神经质，甚至有些歇斯底里，他太害怕不说话的女人了。

"你究竟会不会说话？你说！我问你父亲还好吗，你说啊，你说话呀！"

"……还，好。"

"你抬抬头，让我看看你。"

"……"

"怕什么羞，你都是我的人了。让我看看。"

南三复用手托着曹女的下巴，把她的脸轻轻

抬了起来。他凝视着面前的这张脸，这张少女的脸，毫无疑问，她不是我，而是另外一个女孩。他心里的石头总算是落了地，就放心大胆地同她调笑起来。

"我是你的夫君，你可知道吗？娘子，看看你夫君，长得这个样子，你还满意吗？"

"……"

"你的夫君不喜欢不说话的女人。你多说两句话，会让我更喜欢你。"

"大官人，不要解人家的裙子。"

这个称呼又让南三复紧张起来。

"什么大官人？谁让你喊我大官人？"

"不要，不要。"

曹女说的这些话，又让南三复想起了我，就像兜头一桶冰雪，把他的兴致浇没了。我记得极清楚：这就是在我爹的草屋中，他第一次要我的那一夜，我同他之间说的话。

南三复悻悻然地离开了曹女的房间。在他看来，曹女低下头来、不说话、玩弄衣带的样子，像极了我，这让他感到有些恐惧。毕竟，上次的事给了他巨大的冲击，如今他已经闻窦色变了。可是不久之后，他的色心就战胜了恐惧，他又来敲门了。

"大官人，你要干什么？"

"你说呢？"

"莫非你要……"

"莫非什么？妆奁都拿过来了，人，更加跑不掉了。"

"大官人要怎么样，就怎么样吧。反正，我的人迟早要给大官人的。"

曹家的女儿说完这句话，便自己登床，蒙上被子，翻身向里睡了。南三复便也登床，抚摸曹女，她身上是温热的，这给了他很大的安全感，让他坚信自己怀中的是个女人，而不是一个女鬼。抚摸了一番，南三复兽性大发，与之交合之后，他心满意足，呼呼睡去。到半夜时分，南三复醒来，把手伸向曹女，却发现她身上已经凉了，这冰凉的触觉让他心惊。因为，他曾经跟一具尸体同床共枕过。

不祥的感觉让他心头一紧，他赶紧推了曹女几把，却发现她没有反应。把她沉重的身体转过来，却看到一张毫无生气的脸。她，已经死了多时了。

有人骑了快马，去寿阳报知曹家，却发现曹家的女儿正好端端地在家里坐着，从来就没有出过门，也就根本没有过送女儿的事。那么，来到南三复家里的这个女孩，是谁呢？

南三复相信：这绝对不是窦女。两人长相完全不同，窦女也完全拿不出来那些陪嫁的金银珠宝。可是，不是窦女，那，又是谁呢？

正当南家和曹家一派慌乱之际，晋阳官府来了一队人。有人报：姚孝廉家里新丧的女儿，半夜里被人刨了棺材，陪葬的首饰珠宝被洗劫一空，尸首也不见了。于是有人把这两件奇怪的事联系到了一起。

"南大官人，听说你家里有无主尸身，那边又有人丢了尸首，所以请姚孝廉过来认一认。"

"您说什么哪？我是自己家未过门的妻子发急病死了，跟姚孝廉有何关系？"南三复眼红心跳。

"无须强辩，认一认尸首就知道了。"

"死者为本人的妻室，岂有让外人认尸之理？"

"为什么不许认尸？一看就有诈！你心里有鬼是吧？拿下他！先认尸再说。姚孝廉，这，是你的女儿吗？"

"天哪！我的女儿怎么在这里！你们……南大官人，你把我的女儿怎么了，啊？我的女儿好端端的一个姑娘，怎么尸身在你家床上，哎呀呀呀！竟然通身上下一丝不挂！你……你这行径，跟禽兽有何区别？南三复，你简直禽兽不如！"

魂不离体，体不离魂。若魂离体，飘荡人间；

若体离魂，化成腐肉。自古以来，这魂和这身体，只要分开了，就再也合不上了，可我偏要合。

我窦女的尸身被烧掉了。我窦女的冤魂却还飘荡人世。只要南三复不死，我的魂灵是不会散的。只要给我一具女人的尸身，我就可以借尸还魂。

你试过挤进一个窄门中吗？哪怕头掉了，也要挤进去啊……

姐姐，抱歉了，我要用你的身体，去干一件大事。姐姐，南三复不该活在这世上，像南三复这样的人，就不该活着，他应该死，姐姐，我们一起去让这个恶人死无葬身之地吧。

第二次借尸还魂，比第一次更加熟练了，不仅可以随意操纵身体，还可发出声音。我深深地知道这样做是逆天行事，可是，天，我没有办法。

倘若苍天总是公道，那我又怎么会绝望而死？

发棺辱尸，可是凌迟之罪。何况，这是第二回，南三复跟女尸扯上关系。对官府来说，这回可以说是铁证如山：不仅有姚女全裸的尸身摆在床上，在南三复家中，还搜出了陪葬的一箱首饰。

之前，我的父亲窦廷章，状告南三复诱奸其女生子，导致母子双亡，一案两命，这是真的，却被官府判定是假的；如今，姚孝廉状告南三复，说他开馆盗窃财物，搬运尸首，奸污尸身，这是假的，官府却判它是真的。这世上，真真假假，本就难以辨认。

而我的复仇，却当真实现了。

"活着的时候尚且不是对手，死了又能把他怎么样呢？"

连无常都觉得我做不到，我却做到了。

南三复，这个晋阳最大的财主，被判财产全部充公，凌迟处死。

在处死之前，照例有一道程序：南三复坐在木驴上，在晋阳游街，接受路人的审判。就在这场审判中，人们纷纷向南三复抛去石头，很多人骂他"淫贼"，那些曾经被他占了便宜，却被迫息事宁人的家庭，更是觉得：这一天是他们期待已久的。

人群中有人大喊道：

"南三复！你不得好死！你为祸二十年，糟蹋的晋阳女子无数！"

"你不得好死！果然是恶有恶报！"

原来，我不是唯一一个。

在全晋阳的这场狂欢中，我静悄悄地走了。

那个用温柔的目光看着我的无常，低低地同我商量道：

"窦女，现在走吧？"

"唉！好，我走。"我痛快地、喜洋洋地说。

"跟我走。"

"跟你走。"

"唉！"

"无常大人，你因何而叹气？"

"今日任务繁重。赵女？"

"唉！"就在我旁边，传来她的声音。

"走啊！姚女，走啊！"

"唉！"

原来姚女也在这里。还有谁在这里？

"南三复，走啊！"

"到哪里去？"

他怎么也在这里！

"到酆都城、阎罗殿！"

"我死了？"

"你死了。"

"不，我是南大官人，是晋阳城里第一大财主，我家里阡陌千里，银子多得花不完，我怎么能死呢？"

我和我身边的姚女、赵女，三股火气怒腾腾地压不住了。我们本过着平静的日子，像春天的桃或者杏一样和暖甜蜜的日子，可现在要变成了鬼，都是因为他。

都是因为他的存在，让我们不能干净地活着，他的侵占，就像我挤进那些尸体一样，他非要自己挤进我们的人生，把我们的身体和精神弄得乱七八糟。

"你必须死！你必须死！你必须死！我们三个今天非打死你不可！你的人死了变成鬼，我们就把你的鬼打成死鬼！"

蕉窗零雨集

"杨兄，你竟是个有胆子的人，一人独居旷野，四周还全都是野墓，你就不害怕半夜有鬼来把你抓走吗？"

"不怕不怕，就是不知道是男鬼还是女鬼。要是男鬼，可以成为我的兄弟；要是女鬼嘛，可就……"

"可就怎么样？你连女鬼都不放过吗？哈哈……"

薛生与王生到郊外探望独居的杨子畏，要闹一天，到晚方散。两人虽是男子，一出屋门，仍觉得森森地怕人。

"杨兄，请留步吧！屋外头冷！请照顾好自己，我们走了，可就剩你一个人住这儿了！"

"别为他担心，他不是一个人，他有女鬼相伴啊！"

白杨的悲风中，杨子畏的头发和衫儿都被吹得飞了起来。他看着薛、王二人上了马，总怕风把他二人从马上吹下来。那二位勒转马头，向他告辞，远处似乎传来了女鬼吟诗的声响：

"玄夜凄风却倒吹，流萤惹草复沾帏。"

薛、王二生大笑着向他道别："杨兄快进屋吧！"

女鬼的声响却伴着风声，在杨子畏的耳边回旋。他凝神谛听：

"玄夜凄风却倒吹，流萤惹草复沾帏。玄夜凄风却倒吹，流萤惹草复沾帏。……"

薛、王二生已经走远了。

杨子畏冲着大风喊：

"就只有这两句吗？我帮你续后边的好不好？"

"好。"

"幽情苦绪何人见，翠袖单寒月上时。"

当杨子畏回到屋子里时，刚闭上的门仿佛被风吹开了。一声"我来啦"，那个女鬼闪身进屋。

"你真的来了？"

"我真的来了。"

"你是鬼？"

"我是鬼。"

"你是鬼。"

"你不怕吗？"

"这般端丽，又会吟诗，夜半相陪，天明而去，怕什么怕，该是梦寐以求才对。"

"我也不是有意去当一个鬼，可是人生，有生就有死，我们当中的谁，又没有成为鬼物的一天呢？"

"我可以亲你吗？"

这大概是杨子畏早已想做的事。

"你的手是很凉，可是并不是虚无，我竟然在握着一只女鬼的手！呵呵，我竟想着用自己的体温把你暖过来呢？如果我做到了，你能复活吗？"

"你是真的不怕我吗？"

"不仅不怕，我还爱你呢！"

"那我可就怕了，我走了……"

"你可走不成了！我，我……"

杨子畏把她揽在自己身上。她有着瘦削的身材，冰凉的身体，由于哀怨而微蹙的眉头，和美丽的纯洁的面容。他要同她交合，女鬼却告诉他说：她是至阴之体，凡人与鬼交合，是会死的。

他的手掀开她的罗裙。罗裙下面，是一双小小的脚，脚上穿着袜子，一只袜子用紫色带子系着，另一只，却系着彩色的丝线。

"这一只的带子呢？"

"丢……丢了。"

"没丢，在我这里呢！"

杨子畏在月光下捡到过一圈紫带。他对着这紫带有过无数次绮丽的幻想，如今这幻想好像具化成了真实。杨子畏觉得，哪一个人间的女人都比不上女鬼的妖艳。

杨子畏早已读过许多历史上流传的"鬼诗"，他相信世上真的有会作诗的女鬼。说起了诗，女鬼拿出自己的诗稿给他看。

"红树醉秋色，碧溪弹夜弦。佳期不可再，风雨杳如年。这是丢失紫带的那一晚，我作的诗。我曾在生前，约会过一位少年才子，因为在中秋之夜，听到他隔水弹琴。他的面容如此清俊，我从所住的楼中跑了出来，而他也看到了我。他告诉我说：明日他还将来此处与我见面。第二日，他没有等到我。事情的发生是这样的突然，他绝想不到不过是一天的时间，月下的翠衣少女便可化为一具冷尸。作为鬼的我，在泉下哀哭，我还没有来得及品尝佳期的欢乐，便要独自守候孤独的悲凉了！"

"你叫什么名字？"

"我叫连琐。"

连琐，连琐，连琐。在杨子畏的梦中，曾经出现过这样一个女人的名字。他沉吟不已。

某晚，他二人在灯下对看诗稿，一块石头却破窗而入。

"哈哈哈哈，杨子畏，你真遇见女鬼了？有你想象的好看吗？哈哈哈哈，杨子畏，正跟你在一块儿的那个娇娘是谁？你要是不反对，我们可就蹿上来见个面了！"

杨子畏红着脸站了起来。他听见薛生在说：

"王兄，这样不妥吧？"

"有什么妥不妥，你以为这世界上真有女鬼？哪来什么会吟诗的女鬼，肯定是杨子畏找来的妓女！"

杨子畏愤恨地让他们住口。

"你们别进来！"

王生却已得意扬扬地闯入门来。

"办不到！腿长在我们自己身上，腿自己就跑过来了！这就是女鬼？"

王生含笑地望向连琐。

"啊……这……这是真的女……"

接下来发生的事，是他们俱未见过的。王生和薛生亲眼看见了一个端丽的女郎，穿着青色的衫子，手里捧着一卷诗稿，正在同杨子畏谈话。当他们走近时，女郎还在，可等王生这话说完时，在他们面前，女郎的颜色越变越浅，以至于像一股烟一样透明，最后消失在空气中了！至此，他们真的相信了那是一个诗鬼。

"这是真的女鬼啊……"

王生和薛生带着惊惧，拾起女鬼扔下的一卷诗稿，那一页缎子封面上，用丝线绣着《蕉窗零雨》，署名连琐，诗稿的字里行间，写着曲谱，可见这位女鬼，不仅善诗，而且善歌。

扉页上写道：

"嫩绿芭蕉卷不尽，新愁盈尺事犹昔。

曲罢人遥寒窗雨，此境迷离向谁觅？"

"哎哟！看来是真的了！"王生望着诗稿，哑然呆坐。

薛生拱了拱手："世人谈鬼色变，杨兄却有鬼做酒朋诗侣，杨兄风雅，自叹不如啊！"

杨子畏含怒道："你二位出现得突然，王兄又拿一块大石头扔过来，刚才连琐已经对我说：她以后再也不会来了！"

一连多日，连琐都没有来。每天的风声与雨声，仿佛都是她的悲泣，她却不再来了。杨子畏对着冷雨敲窗，读着连琐的诗稿，写着应和的诗作。

"被恋余薰留紫带，邯郸道上卢生痴。

只须炉边醉且倒，美人氤氲何处觅？"

"我来了。"

"你！你终于来了吗？"

"我来了。"

"我还以为你不来了。"

"本来是不来了，如今是没有法子才来。我一个孤鬼，受了别人的欺负，你愿意帮我吗？"

连琐的再次出现，让杨子畏惊喜不已。在这般寂寞的日子里，女鬼竟是他最亲的友人。无论她提什么要求，杨子畏都会答应的。

"我当然愿意了，可是人鬼殊途，不知道怎么样才能帮到你？"

"你愿意就好。今天晚上早点睡下，我会来找你的。"

当天晚上，杨子畏入梦后，便在恍恍惚惚间，看到了连琐来找他，往他的手里塞了一把精致的金色佩刀。他跟在连琐的后面，走到了一处庭院中。

他听到地狱怪兽的吼叫。一种令人毛骨悚然的声音笑着说：

"连琐！连琐！你想通了？你是来给我当小老婆的吗？"

连琐附在杨子畏耳边小声告诉他："它的弱点在眼珠子，只要刺中，就再也不能作妖了。快上啊！"

杨子畏虽是书生，却丝毫不惧。他从来就不是一个没有胆气的人。他把一把刀舞得虎虎生风，刀刀都直刺灰色凶兽的眼睛。

"哎呀，就差一点，就差一点点。子畏哥哥，好惊险啊，你当心啊！"

杨子畏已经杀红了眼，在怪兽的咆哮下，他越发好勇斗狠。

"冲着我来！我不怕！我杀了你！杀了你！啊！"

正因为时刻有生命的威胁，那凶兽的凶恶为人所想象不到，杨子畏几乎到了歇斯底里的程度，此时他毫不怕死，可是也很难扎中怪兽的眼睛。他的刀在怪兽身上乱扎，每一刀只要拔出来，伤口都在瞬间痊愈，只留下怪兽的一声惨叫。杨子畏的手腕已经被怪兽咬伤了，流出了血。那怪兽向杨子畏扑来，想要整个把他扑倒在地。

凭凶兽的体格，这一下，恐怕是要把杨子畏压扁了。

一道飞石声。

怪兽中石，向后仰去了。

"杨兄，你怎么一个人在这里打怪兽？你看我这一箭！一下子就刺穿了怪兽的眼珠子了！"王生骑着一匹枣红色的马，闲闲地搭着弓，信马由缰般，走到杨子畏身边。

"谢谢你！"

"谢谢你呀！"

第二日白天，王生和薛生来到杨子畏家敲门。

"我做了一个奇怪的梦！"王生两眼发光地对他说。

王生告诉他说，自己昨晚做了一个奇怪的梦，梦见自己带着弓箭在路上走，突然听见杨子畏大声喊叫的声音，他冲到一处宅院中，看见杨子畏在大战一头怪兽，手里拿着一把金光闪闪的佩刀，被怪兽一嘴咬住了手腕。他便赶紧搭弓放箭，射出箭去，正好刺中了怪兽的眼珠子，怪兽立即倒地而死。杨子畏对他道谢时，他方看到杨子畏的身边站着那个如花似玉的女鬼，也正在对他道谢。

"你说奇怪不奇怪？好端端一个人，竟会做这种梦！"

杨子畏不言不语，把自己的手腕伸出去给王生和薛生看。那上面，有一串明显的牙印，伤口深得看得见骨头。

"哎哟！这可太吓人了！这梦，是真的嘛！"

在他们身边，响起女鬼幽幽的声音。

"梦，不是真的，可也不是假的。真真假假，有无之间。可不管怎么说，这把佩刀是真的。"

这是白天，她竟然在白天出现了，手里还举着一个匣子。打开匣子，内有一把佩刀。

"对，就是这把刀！这刀可太漂亮了！"王生惊喜道。

"就以此刀相赠，报答王大人对我和杨兄的救命之恩。"

人人都能看出：如此好刀，缠以金丝，饰以明珠，是价值连城的宝货。

"这是我的父亲给我殉葬用的刀，本是我心爱之物，用来酬谢王大人，这礼也不算很轻。"

王生连声说："这礼太重、太重了！"

女鬼站在他们二人面前，含羞道："唯王大人配得上这把宝刀，小女拿着本也无用。另外，还要请您二位大人见证一件事。"

连琐让王、薛二生见证的事，是她自己的复活。死人能复活，就像女鬼能作诗一样，听起来荒诞无稽，可这确实……确实是这书里头写的。

腐肉早已在她身体上剥落，如今却长出了新肉，就像春天来了，枯干的树叶垂落在根部，长出来的新的枝叶却已迎风微笑。新肉长成以后，又有白净得像高山之雪的皮肤，从头覆盖到脚。作为身体，她已经是一具完整的身体了，只是本应当在体内的元神还没有归位。

一转眼间，屋里的床上躺着连琐。一动不动，像是一具尸体。

屋子里站着的连琐对二人说："请王大人、薛大人见证这里发生的事情，等二位明日再来，这个连琐可就活了！"

第二日，会作诗的女鬼连琐，从一具白骨，变成了温软明媚的女人。

"在人生的这班船上，我曾经下船了，世上绝大多数的人，下了船以后，就再也不会上船了，而我，竟然又上了船。我想作一首诗，来纪念自己的幸运。雾花吹鬓海风寒，翻得公子带笑看。雾花吹鬓……"

"连琐！"

"哎！我在这里！"

"你来了？"

"我来了！"

"那好，我告诉你……"

"雾花吹鬓海风寒，翻得公子带笑看。后面的，你来作？"

"枕上相逢春梦微，浩歌惊得浮云散。可好不好呢？"

"好！"

"写在你的诗稿上如何？"

十载歌声起

　　那是一个山寺中极安静的夜晚，安静到溪水的声音像瀑布声一样醒目。甘玉跟他的妻子笙娘寄居在这里，这里是郊区最为清幽的地方了。甘玉对笙娘说：

　　"我怎么听见有人在唱歌？"

　　他的妻子也的确听到，有纤细却又缠绵的歌声，从北窗那边袅袅地飘了过来。他的妻子笙娘便伸手把北窗推开。歌声变大了，他们甚至听得清歌词，因为咬字相当清楚：

　　"……闲阶桃花取次开，昨日踏青小约未应乖。嘱咐东邻女伴少待莫相催，着得凤头鞋子即当来。"

歌声刚落,另一个显然出自不同人之口,却一样动听的歌声响起了,这是对前一段歌声的应和:

"一个小哥哥爱发呆,今日不上学在家耍赖。"

甘玉跟笙娘简直为这歌声入了迷,他俩携起手来,要出去寻觅一番唱歌的人。这山寺有好几层客房,北窗外是一间单独的小屋子,明明地亮着灯,也开着窗子,看得到人影,必定是那屋子里的人在唱这么好听的歌。

走得越近,他们听得越清晰了。第二个女孩子唱的是:

"我和阿英两人都不搭理他,吃完冰糖梅子再去找他玩。"

他们还听到了欢笑声,欢笑声中,有人在喊:

"可惜阿英还没来!"

看上去很近,走起来却很远,他们要拾级而上,走过很多层台阶,才能到达那个小屋子。在这样的夜晚登山,露水很快就把鞋尖打湿了。山风却相当香,一阵一阵地带来像栀子花那样的气息。

"放开我!放开,放开我!"

欢歌笑语变作了一片骚乱,他们听见有人声嘶力竭地大喊,还有充满了恐惧的哭声。等他们终于推门而入的时候,发现有一个莽撞而丑陋的男人,正在把一个纤弱的姑娘压倒在地上。甘玉拔出随身携带的佩剑，刺中那个男人的肩膀，男人大叫一声，忍痛走了。接下来他们看到了什么事啊！简直令人难以置信！倒在地上的那位姑娘脸色煞白，她的手上流着血。

"他把我的手指头咬下来了呢！"

那个疯子竟然咬掉了姑娘的一截小手指头。甘玉想到：刚才看到了他的正脸，他的嘴角有血，他竟然吃人肉！这山寺中，真是什么怪事都会发生啊！

这天夜里，笙娘给姑娘包扎了伤口，姑娘一直在哭。笙娘安慰着她，替她洗了脸，看到她俊俏的样子，耳边宛若又响起了她的歌声。得知了她姓秦，笙娘忍不住抓着她的手唠叨起来：

"我家里有个兄弟，就是刚才去救你的哥哥的亲弟弟。哥哥叫甘玉，是我的丈夫，他的兄弟叫甘珏，你瞧见哥哥的样子了，他那个弟弟啊，比我的丈夫还要英俊！个子啊，也高出半个头去。我丈夫一直跟我说，要聘一个绝色的美人给我弟当媳妇，才配得上他。我看你这个模样，这世上也没有第二个人了！要是那样的话，我们两个就是妯娌了！"

可姑娘哽哽咽咽地说：

"我的手指都被坏人伤残了，我这样的人，恐怕是不能做姐姐的弟媳妇了！"

第二天早上，床上却空空无人。甘玉和笙娘非常担心秦姑娘。一夜都很安静，他们两人都不曾听见任何声响。他们怕秦姑娘再遇到什么危险，便在山寺中上上下下找了几圈。他们什么都没有找到。他们又到山寺附近的村子里打听，却没有人认识姓秦的人家，更没有人见过这姓秦的女郎。

甘玉和笙娘启程归家，还没有到家的时候，他的弟弟甘珏到门口翘望，却看到一个明眸皓齿、穿红色衫子的女郎，来到他家的门前，喊着他的名字。

"你是甘珏吗？我是你爹给你定下的媳妇。你怎么不要我啦，你哥哥怎么又去跟姓秦的结亲家啦？"

甘珏一头雾水，他父亲去世得早，那时他还不懂事，可这么多年，却从未听到哥哥说起他定过亲的事。

"我的嫁妆，早就准备好了，只要你说一声，我这就嫁过来。"

这姑娘大大方方的，仿佛在说着一件平平常常的事，甘珏却惊到了。姑娘让他去跟他哥哥说，自己姓陆，住在东望村，便转身走了。

甘玉对这件事茫然无知。

"咱们父亲去世的时候，你还小，我却已经二十几岁了，要是真跟谁家姑娘定过亲，这么大的事儿，我怎么可能会不知道？这件事真是奇怪极了！"

笙娘看见甘珏的神情，便猜到了几分。她说那姑娘一定很美，否则，这兄弟不会红着脸，欲言又止地提起这件事。甘玉却大笑道：

"小孩子知道什么！你没见过秦家姑娘，随便一个村姑，你就觉得是美人了。那个话你别再提了，等你见着了秦家姑娘，你就明白真的美人是什么样子了。"

甘珏却面红耳赤地抢白起来：

"美不美，我还是分辨得出的！我虽然小，又不是个瞎子。这世上也只有瞎子看不出来她好看了！"

笙娘在一旁含笑不语，甘家两兄弟险些为秦姑娘和那个红衣女子谁美而争吵起来。

秦姑娘美，还是红衣女子美呢？在遇到秦姑娘之前，甘玉认为，这世上的美人，美虽不同，却很难分出优劣。见到秦姑娘之后，甘玉才发现：有的人美得如此耀眼，就像太阳，只要有她存在，月亮和星辰的光便再也不显。这件事过去了几天，甘玉外出，在野外的道路上，看见有位女子一个人走着，边走边哭。甘玉忍不住上前询问。

"我从小就被许配给了甘家二郎，可是家里穷，路又远，走不起亲戚，好多年没上他家里去了，最近才来到这个县，却听说甘家二郎又跟别人定亲了！我要去甘家，问一问甘玉大伯：怎么打算的呢？要是二郎娶了别人，那我呢？"

甘玉不禁大怔，当他看清这姑娘的面容，心中的惊骇就不必提了。除了当年的后羿在天上射下来过九个太阳那件事，就是现在了，甘玉无法想象两个像太阳一样耀眼的少女同时出现，那会把他眼睛晃瞎的。

"呀，姑娘，我就是甘玉，你想要找的人。你所说的婚约，我着实不知道，咱家就在前头，要不然，一起回家问问吧！"

见到阿英的这一瞬，甘玉便知道，自己以前造次了，没见过世面的人是自己。她说的婚约，一定是真的，因为这样美的嘴唇里，是不可能说出谎言的。既然找不到秦家的女子，那就跟这位缔结婚姻，也是天上掉下来的美事啊！甘珏跟阿英两个人，在一家人的祝福之下，很快就这么结婚了。

婚后的生活宁静又甜美。这一天，甘珏进门的时候，阿英正在翻箱倒柜，不知道找些什么。

"小哥哥，你的那只玉碗还在不在？我记得碗底有一条鱼，盛满了水以后，就能看到那条鱼在游的！我最喜欢了，你拿出来让我看一看嘛！"

甘珏觉得很奇怪："你怎么知道我有那只碗？"

阿英笑道："我怎么不知道？我从小就看见你

223

那么玩，每次都想自己也玩一下。"

甘珏找到了那只碗。阿英在玩的时候，甘珏紧紧地盯着他的妻子："咦，你到底是谁，怎么好像是我从小的朋友，我却记不起来你了？"

阿英笑着又说出了一桩除了他们家里的人，谁也不知道的事：

"唐二姐最喜欢往你屁股上扎针，你还记得吗？大家都宠着你，哥哥嫂嫂生怕你吃了亏，所以你成天欺负这个、欺负那个，大家敢怒不敢言，只有唐二姐敢摸老虎屁股，拿着给老太太扎的银针往你屁股上扎，说是给你治病！"

是有这么一个唐二姐。甘珏迷迷糊糊地想了起来。唐二姐已经走了好些年，是嫁给庄上的人家做续弦去了，甘珏小的时候顶害怕那根银针，可的确相信了唐二姐的说法，以为是给自己治病。那可是甘珏特别幼稚的年代了，他也是今天才猛然想起来，原来事实跟他小时候的印象相差很远。可是阿英，又是从哪里知道的这些呢？

阿英和甘珏在闺房里笑着闹着的时候，嫂嫂的房间里，竟然也有一个阿英。阿英一边陪嫂嫂做着针线活，一边轻声唱着一首歌：

"这个小哥哥笑颜开，今日把阿英娶回家来。我和吉吉了都计算好了，吃完葡萄干就去找他玩。"

歌声委婉清丽，让人神采欲飞。迷醉之中，笙娘总觉得，这歌自己是听过的。她凝神去想，在她的记忆中出现了一个宁静而芬芳的夜晚，就是那个夜晚，他们曾踩着一级一级露水的台阶，到一个灯火通明的房间里去。笙娘不禁失声叫道：

"阿英，怎么你也会唱这首歌啊？阿英啊，我想起来了，你是不是认识那个姓秦的姑娘，记得那天她们说，要等一个叫阿英的女孩过来，后来一直没有等到。我这一对，发现能对得上，说的就是你吧？阿英，你怎么不说话？阿英，你是傻了吗，在那儿笑眯眯的，一动不动，也不说话。阿英，你还记得那天吗？"

就在此时，在甘珏的房间里，甘珏推了阿英一把。此时的阿英，仿佛痴了似的一动不动，都已经半天了。

"阿英，嫂嫂刚才派人叫你，你怎么不去？"

阿英仿佛从一个梦中回过了神，嬉皮笑脸地说："我不用去。"

"怎么不用去？"

"就是不用去！"

嫂嫂房内有一个阿英，甘珏的房内也有一个阿英，这样的事发生了很多次了。到了大家终于把这件事看明白的时候，这家人才感觉到，整件事情都有颇为离奇的地方。他们怀疑：阿英是妖怪，秦氏姑娘也是妖怪，她们这两个人是这样的美，这美一点也不像普通人间女子的美。他们一家人感到恐惧，偷偷地观察着阿英。阿英每天照常嬉笑、玩闹，也照常地，时常有一点心不在焉。有一天，当他们全家人都在忙着自己手上的活的时候，有一支歌在宅子中响起，每一个人都清清楚楚地听到了，那是柔柔细细的阿英的声音，也是让人销魂失魄的天籁：

"甘家哥哥莫相猜，阿英打小就到甘家来。我和珏儿两人从小好，每日里弹琴打鼓一起玩。"

他们听着这支歌，满宅子里寻找阿英，他们来到了被几个仆妇围绕的阿英身旁，几名仆妇都大张着嘴巴，仿佛被人勾走了灵魂，他们看见阿英从容地一边浣纱一边唱歌，唱完了这首歌，红衣的阿英便变成了一只鹦鹉。鹦鹉是会飞的，鹦鹉若是飞起来的时候，没有人能追得上鹦鹉。最后赶来的甘珏开始号啕大哭。

"哎呀！哥！嫂子！我想起来了！阿英就是鹦鹉啊！阿英就是咱们家的鹦鹉啊！我要，我要阿英，阿英本来就是我媳妇，想不到她真的变成人了！"

甘珏的记忆中，永远有这样的场景：他站在

檐下，同那只鹦鹉说话：

"阿英！阿英！你又在抖你的羽毛了！"

他的老父亲在一旁笑道："你去拿一点小米，喂喂阿英啊？"

甘珏跑回屋，抓起一个沙包："我不喂，我还要出去玩呢。"

他的老父亲说："不喂，那可不行，你喂好了它，它就变成人类，来当你的媳妇。你要是不喂，把它饿死了可怎么行？"

"好弟弟不要哭！我给你想办法把阿英找回来！"

一家人现在都顿悟了：阿英是一只鹦鹉，那个秦氏姑娘，就是一只秦吉了！

一只鹦鹉，一只秦吉了，这两只小鸟，一只是自己家的，另一只是总是来家里玩的，她们俩就成了好朋友，一起都变成人了。

"阿英早就说了是我媳妇了，父亲都答应了，你怎么不认这门亲事呢？"

甘家的一家人都到了东望村，寻找姓陆的人家。他们找到了。亭台楼阁、蔓草荒园，这里有极好的一个园林，可是主人总不在家，园子荒废着。甘家人推门进去了，他们觉得：假如阿英在这里的话，那一定是住在后花园里。

他们等到了深夜，才听到了一些声音。

"秦家姐姐，今天珏儿一定到这里来了。从下午开始，天空中就全都是珏儿的味道。我不过是一只顶小的鸟类，为了一次的相逢，要积攒上十年的功力。"

"阿英！我是珏儿啊，你在哪里？"

他们在园林里找来找去，却依然找不到阿英和秦家姑娘。甘珏痴痴地望着一棵海棠，那枝头有两只小鸟在栖息。

"阿英，见我一面吧，你不是我的媳妇吗？"

"珏儿，这次我的能耐已经用完了，我们在一起度过了我们的新婚时光，我要积攒起更多的力量，下次相约就是十年后了，到时，我的法力增强，能跟你在一起过好几年呢。"

"阿英，我只想现在见你一面！你不能飞下来吗？"

一只小小的鹦鹉，在空中盘旋多时，从枝头飞到了甘珏的手中。

"我怎么能等得了十年啊，那太长了！"

"十年很快的。"

"十年太长了！"

"不长。"

"你快出现给我看啊！我要看见你，阿英。"

"你等我，你等我。"

"我现在就要。"

"啾啾。"

"你是不是在骗我?"

"我不会。"

"那你给我看。"

"我要飞走了。"

"你不喜欢我了吗? 你和秦吉了不是天天想着跟我玩, 吃完了冰糖梅子就来找我玩, 吃完了葡萄干就来找我玩吗? 我们从小就在一起, 你从小就想嫁给我, 你不想见到我, 不想跟我亲亲吗?"

"珏儿。"

"我不信! 我不信你的话! 你变给我看。"

阿英终于变成美人出现了。

"阿英, 走, 我们回家, 我拉着你的手, 我们回家去。我已经把那只能变出小鱼的碗, 给你找出来了, 回家就给你看。咦, 阿英, 你的手怎么变小了? 阿英, 我怎么看不清楚你了? 阿英, 你怎么在往天上飘? 阿英, 阿英, 阿英! 哥哥, 嫂嫂, 阿英变成了天上的云了! ……"

甘珏以后也永远见不到阿英了!

春梦随云散, 春花逐水流。

彩云容易散, 荒园满闲愁。

俏冤家

　　我叫江城，从小，我就在小长命儿面前耀武扬威。我是怎么打他的？我可会打了，请看——

　　"这些是我赢了你的，全都还给你，还不行吗？把这些给你，连我本来就有的所有的瓜子，也全都给你，总算行了吧？明明是我赢了你，现在全都给你还不行吗？"

　　小长命儿跟我翻绳子赢瓜子玩，我翻不过他，让他把所有瓜子赢了去。我便放声大哭，让他一直哄我。现在瓜子都在我这边了，可总觉得心里还不满足。

　　"你为什么要赢！明明你是跟我学的翻绳子，

应该是我赢你才对！你得过来，让我给你一顿面条儿！"

一顿面条儿，就是我的四根手指头，扇在小长命儿的脸上，这就叫：给他吃面条儿！他起初不懂，被我打哭了以后，他就再也不肯吃我的面条了。

在我的记忆中，小长命儿是个一天到晚都穿着好衣服的公子哥儿，说话都不肯大声儿，说话之前，小脸儿也要红上一红。

我们在一块儿玩了几年，就各自走散了。我家里，搬到了别处去。万万想不到，他娘竟找到了我们，他娘来我家提亲的那天，我娘吓得一直把手往围裙上搓。

"你看我们这家里，穷得跟贼一样，怎么配得上跟你家结亲？"

"论身家，是不相配。可这俩孩子，是极相配的。"

小长命儿的娘口中说出来的这话，让我极不喜欢。可喜欢不喜欢，似乎也由不得我。

"你若不信，我这儿有支金凤钗，现在就把它插戴在江城头上，就算是下了定吧！"

他家里为娶我，用上了八对纱灯、两对火把、两乘大轿、百匹大马，又搭上四个小厮、四名管家，让满街的民户都跑出来看。临出嫁的那一晚，我娘跟我谈了一夜，千叮万嘱，让我嫁过去以后，贤惠孝顺，收束起姑娘时候的性情，银钱上我家里万万拿不出来，配得上人家的就只有模样。还有，我娘说，:

"我的女儿，你就赤条条一个人嫁过去了，一想起来啊，就让我这一身都是汗! 他们家给你打的这银花、金簪、珍珠、蜜蜡的首饰，你娘这一辈子，见都没有见过! 你这就是一步登天，跪着过日子都行，多奉承你的公公婆婆，再给你相公多养几个儿女，不要让人家攘回家来，那就都完了!"

我娘就是这样的蠢，怪不得这一生，没过上一天的好日子。

我叫江城，我是一个穷教书先生樊子正家里的第三个女儿。我从小儿认得我家邻舍，他的名字叫小长命儿，他跟我同岁。过了几年，我家搬走了，万想不到，十六岁的一天，我俩会在街上重逢。更想不到的是，从那以后，小长命儿，不，他现在已经是秀才高蕃了，他就害了相思病，他的母亲跑到我家里来提亲，不为别的，只为若不能娶我，她的儿子就会相思而死。正因为这个，我嫁给了高蕃。我想救他一命。他家里打了好多首饰给我，我家里为着这些首饰，觉得我怎么样欠他的，世上哪来这么些蠢东西! 大人们的脑袋瓜子，好像都让屎糊住了。小长命儿长大了，他就这么爱上了我，他长得好看，我也喜欢他，喜欢就喜欢么，这就完了，这件事儿，跟他们的首饰没关系，跟他们这些人也没关系。

小长命儿，他小的时候就听我的话，哄我高兴。长大了以后，他还得听我的话，还得哄我高兴。

成亲的那天晚上，入了洞房，先不干别的，我得把小长命儿——不，他现在叫高蕃了——我得先把高蕃揍一顿再说。

找个什么因由呢？

他喜滋滋地进门，我只躺在床上不理。"江城，江城，别睡了，你瞧，你的鞋都让人偷走了。"

我就给了他一鞋底："你，你这个偷鞋的贼！"

高蕃惊呆：

"哎哟，我逗你玩的，你还真打呀？"

"我怎么不打？照着《大明律》，偷人的鞋，够不够上衙门？"

"你还《大明律》呢！"高蕃笑着坐到床边，"你既然懂《大明律》，那你跟我说说，输了瓜子就哭，把已经输了的瓜子和别人的瓜子都要走的人，该是什么罪？"

"行，我犯了要人瓜子的罪，我就把这胳膊给你，你敢打吗？"

他上前，嬉皮笑脸地拍了我一下，我立即装作非常恼火的样子，大哭起来："啊！你打死我了！"

"根本就不是打嘛，就是轻轻爱抚一下嘛！这也值得哭。"

"你打了，你打我胳膊了，我要还回来！"

我给了他一个耳刮子。我是非常用力的，打完以后，手指有点酸。这一下子把高蕃打蒙了。

"行了，江城！当初说给我下面条，结果是四个手指头印，这会儿不下面条，变五指山了！"

"是谁先打的？"

"不是，是你让我……"

"是谁先打的？"

"好……我，我错了。"

认错了就好。这新婚第一夜，必须要立下规矩。管他错不错，反正认错的必须是他。头一回就认错，今后就会往熟路上走，训练好了"跪"，只要一瞪眼他膝盖就软。

我是江城，我和我的丈夫高蕃，从小儿就生活在这临江府。临江府怕老婆的男人多，所以流传着这么一首打油诗：

"家家房中有个人，梳着髻鬏穿着裙，扬起巴掌照着脸，打得汉子没了魂儿。"

在我们临江，一个女人会针线、能烹饪，都算不上什么本事，谁也不会敬她，只有她能降住汉子，有本事把老公打得服服帖帖，才能得到街坊四邻的敬重。嫁过来才三个月，街上的人都纷纷地说：

"江城怎么是这么一个女人呢？以前，倒小看了她！"

"江城，开门啊！"

"不开。"

"这天都黑了，你不开门，让我去哪儿呢？"

"除非你给我磕个头，再喊我三声妈妈，我就放你进来。"

"这……磕头可以，妈妈可不能喊啊！"

"为什么不能？"

"……我，我妈妈在隔壁院子里呢，……你不要没大没小的！"

"不喊就别想进来了。"

"你这不是无理取闹吗？你说我做错什么了，我认，可这平白无故的！得了，我还就……我还就不受这份儿气了！"

高蓄愤愤然地转头就走。

"哎！小长命儿，你上哪儿？"

"我走了！"

"你别走！"

"前日不开门，让我在屋檐下待了一晚上，冻得要死不活。活了这么大，第一次有人这么对我！你当我无处投奔吗？走了！此地不留爷，自有留爷处！"

我的丈夫小长命儿，不，秀才高蕃，是他爹娘五十岁了才生下来的独养儿子，从小到大，说一不二。他要是想要天上的月亮，他的娘，也会蹬上梯子，爬到天上，摘下来给他。我早就知道，我江城，就是这么一个月亮。他爹娘也不知道我哪里好，也不管我是哪里好，他们只知道，他们的儿子想要。从小到大，儿子想要什么，他们就花钱去给他弄过来，反正这家里有的是银子，买什么都容易。如今，这一家人，怕是已经后悔了。这回他们花了大价钱，是给他们儿子买"高兴"的，可我江城是个大活人，我可不是什么人的"高兴"！

我让高蕃喊我妈妈的事，早就传得全家人都知道了，婆婆气得鼻子都歪了！那天，我走到婆婆房门口，听见她在里头说："咱家哥儿，怎么这么命苦！娶了个夜叉做老婆！成天提心吊胆的，没一天好日子过。"

"背后说人，当人听不见哪？"我推门就走了进去。"自己把孩子惯得没个样儿，我替你们二老教训教训，不好吗？你们自己家的孩子是人，别人家的孩子就不是人了吗？儿子比天大，儿媳妇就得围着他转吗？我还就告诉你们：以前，高蕃是你们的儿子，现在，他已经到我手上了，我让他干什么，他就得干什么，你们二老的话，从今往后，都不算数了。"

公公在一旁拍案而起："你这样还算是个人吗？"

我不会让他们辖制住，骂我我也不怕。婆婆气得拍着腿说："天给了她这么一个模样，怎么又给了这么一个性格？长得跟那画上的人一样，心肠比禽兽还歹毒！"

他们一家人，原就是一家，大大小小，都拧成了绳儿，在一起叽叽喳喳地，说我一个。我是个外来的，又是个孤零零的，只怕是斗不过他们。跟他们争竞半天，我也累了，刚回屋歪了会儿，婆婆拿了一张什么纸，过来跟我说：

"江城啊，这一纸休书，你拿好了。你看这上头的字，可是你的丈夫高蕃他亲笔写的。你拿着回家，从今往后，你不要再回来了。"

我倚着墙问："这是高蕃的主意，还是您二老的主意？"

公公抢着上来说："你一个做妇人的，总要以贤德为上。像你刚才那样跳出来骂我们公婆，就是犯了七出之罪，把你休了，一点也不亏！"

我拍着手，又用手拍着床，急得脸上发涨："不受气就得回家，天下哪里有这样的道理？好，好，我宁可回家，也不在你家里受气了。"

"哟，到底是谁受谁的气？"婆婆也气得像个要打鸣的鸡。

公公道："别跟她多说了，——轿子，管家，把江城送回她家，拿着这封休书，他家里要是不收，你们把休书扔下就走！"

我出嫁之日，我的母亲对我说，千万不要让婆家撵回来，如果被婆家撵回来了，女孩子的这一辈子就完了。她莫不是有先见之明？才过了半年，我就被婆家撵回来了。

回到娘家以后，这天儿，好像也没有塌下来。我，还是我，这一辈子，也不见得就完了。

我娘说我，这个性子，不糟践别人，好像就等于让别人糟践了自己。天底下，难道就只有你一个人的理吗？我娘经常跑过来对着我哭，我只有冷笑。

在人家家憋憋屈屈地讨日子过，今天吃的是风，明天吃的是气，背着人哭，当着面儿笑，把脸儿都给了公公婆婆和男人，把寒碜都留给自己，那才真的是完了。

我江城，就是死，也不过那样的日子！

"八月露寒，八月露寒，明月弯弯愁中生。天上也有团圆月，可怜我一生孤零零。冷冷清清，孤孤零零，独守良宵无限情。想一回佳人，害一回相思病。"

这是我丈夫的声音。小长命儿会唱曲儿，我们夫妻经常背着人，悄悄地在屋子里唱。这支曲子，大概是他新作的，我从未听过。我们分开已经有一年了。这一年中，我一次也没有见过他。昨日，听人说他要到王子雅家里做客，我的父亲便带我去了他家，坐在了厢房里。酒过三巡，夜，也已经三更了。我听见了小长命儿的歌声。

我开窗便唱：

"十月小春，十月小春，夜寒衾冷如何睡？独坐窗下挑孤灯，临风辜负了晚妆。守到黄昏，候到黄昏，受够一天愁滋味。坐愁红颜老，直坐到三更尽。"

我停了一阵子，倚着窗户嗑瓜子儿。那边先是静着，接着高蕃便探出头来。看见他探头，我便把头缩回去，让他看不见我。

他接着唱：

"腊月冬残，腊月冬残，开门便见雪满山。暖

账薰笼香兰麝，只是少了你和我做伴。离别一年，离别经年，往事缥缈似云烟。辜负了光阴，看流年、心事乱。"

看来，他听出来了是我。我也接着唱：

"三月清明，三月清明，绿杨荫里系秋千。唯我心情懒，昏睡在闲庭院。愁恨万千，万千心乱，满城飞絮暮春寒。不见那人来，斜倚着门儿盼。"

我唱过了，便是对他服了软了。我坐着等他推门进来。他若是不来，我这脸也没掉，我只推说不知道。是什么女人在这里唱曲，同我有什么关系！

他果然推门进来了。

我江城，在家里待够了一年。

每天我就摔盆砸碗，自己跟自己闹着玩儿。我就想干点什么，就干点什么。想揪我爹的辫子，就揪我爹的辫子；想骂骂谁，就骂骂谁。

这一年待腻了，有些想小长命儿了，我就想了想办法，同他和好了。

六月初九那天，是个黄道吉日。我父亲樊子正，打扮得齐齐整整，跑到高家门上去了。高家老太爷想要装病不见，可是由不得高蕃迎出门来。我爹望着高家的门哭，高蕃也直挺挺地跪着哭，老太爷到底还是让他们给闹出来了。我爹说，这几个月来，女婿住在我家，也不知有多少次了，小两口和好如初，为何高家还不回来接我？老太爷惊得不得了，举起他的手杖来，便要当众打他的儿子一顿。这时候，我便从外头走了进来，高蕃携着我的手，便对着长辈们跪了下去。高蕃"一揽子"把罪都搁在自己身上，替我承当着：

"爹，娘！孩儿不孝，成天跟媳妇吵闹，辜负了爹和娘给儿子娶妻的美意了！从今往后，儿子要是不改，要是再跟媳妇吵闹，就让狼拖了我去，狗扯了我去，我也没有怨言！"

我在一旁，忍不住满脸堆笑。

我娘让我假装着一些，这样才能让他们气顺。可我假装什么？我想笑时，为何还要憋着？我只是觉得小长命儿哭哭啼啼的好玩。

"既然儿子自己这么说了，咱还能说什么？"

"你看这儿子，跟他媳妇一条心去了！好，你自己瞒着我们，跑去你丈人家住，你自己要把媳妇接回来，从今往后，你就自作自受吧！是好是歹，听天由命！"

从那天起，高家老两口把家产分了，让我们住到别的屋子去，小两口另过。（欢喜）这闹了一大场，也是有好处的！从今往后，再也不用听他们一家子人在一块儿叽叽喳喳说我坏话了！休书，已经下过一回了，没能轰走我，反而打了他们老两口自己的脸，所以啊，他们准不敢再下第二回！高蕃原就爱我，又怕我，这下子，谁也拦不住他接着爱我、接着怕我了！

日子一天天过去了，我和高蕃，好得像蜜里调油，甜得都快化了。过了一整年，春夏秋冬，离别的焦愁，他再也舍不得跟我分开。可是……这男人到底是个什么东西？家里有我这样的美妻，为什么却还想三想四？

"这是你的铺盖卷儿，赶紧给我滚到书房睡觉去，天天地在我的眼皮子底下晃，没个正经儿！我爹樊子正，是个穷教书的，这一辈子就认书，就认读书的人。你读书不好，他可不待见你，就算你再有钱，也看不上你！"

"好，好，我去读书。可是，为什么读书就一定要去书房睡？我白天去读书，晚上回来睡不行吗？"高蕃诞着脸说。

"不行。"我干脆地说，顺便再给他几个栗暴。

看他乖乖地去了，我心里倒也是欢喜得很。本来想让他去住个三五天，好好地温书，却没想到，这一去就是十来天。以前啊，去不了一两天，就爬回来磨着我，如今这么着，可太不对劲了！不打听还算了，一打听，吓了我一大跳。这个小长命儿，没有一夜在外头是空着的。东街上的李婆子，听说哥儿独宿，带了半开门的女子给他。怪不得在书房院子里看到过几次这个李婆子。我让家人帮我盯着，听说她又来了，我过去窗子底下听听，看她说些什么。

"嘿嘿，哥儿，我为着你啊，这腿也跑断了，这牙也磨碎了，好容易才给你办事儿办成了。要不是有个实信儿，我也不敢跑过来跟你说，是不是？我专门挑了个下雨的日子上她家，到了晚上，雨，下个不住，她就留我在她家里睡下了。唠了半夜，把她的眼泪都唠下来了，说她男人成天在外头贪花、恋酒、赌博，她自己在家里孤单独守。我就跟她说，小娇三娘子，你这般的性情容貌，哪个男人不爱？他在外头花，你也找啊！她就嗔我，你说的这是什么话。我说，你别恼啊，若是真有个年轻相貌好、家里又有钱的公子，就跟你这么，半夜来、天明去，谁，又能知道呢？你，难道就不想吗？"

老贼婆！这张嘴，为何不长个疔疮烂掉！真想冲上去，打得她鬓毛乱飞！东跑西跳，不干好事！祸害良家妇女，诱良为娼，官府不把这种人凌迟处死吗？我再听听她说什么。

"哥儿，昨儿晚上我可算是见识到了，那小娇三，不光是脸儿白，相貌俊俏，那腰儿，那臀儿，哎哟哟哟！管保让你浑身肉麻。她家里穷，不过就是费你几两银子……"

这天晚上，高蕃书房里的灯，照得亮堂堂的，李婆子来了，站在门口报了个信儿。

"哥儿，人，我给你送来了。她可是害羞，你把灯吹了，我就送她进来。"

高蕃说："来啦？我的娘，我的天，回头一定重重谢你！"

灯灭了，高蕃扑上来就搂着，先是亲了个嘴儿，又把手伸到裙子下面去。

"我的小娇三！你让我想死了！让我摸摸你的脚。哎哟，好小的脚儿，快赶上我老婆的小脚儿了。这小腰儿，真细。想了你半年了，到今日总算得到手了。你说句话啊？你还记得我吗？怎么不说话，你就那么害羞吗？有什么害羞的啊，人都让我抱了，嘴也亲了，还害什么羞啊？来，我把灯点上，让你认认你的亲老公，以后在街上看见了，别不认识我。"

点上灯以后，高蕃看清楚了面前的人，魂飞魄散。

我说："你不是点灯看你可意的人儿吗？怎么不看了？"

高蕃说:"妈妈!"

我让他喊妈妈他不喊,惹出这么大的事来,这下子没让他喊,他却跪下了就喊。我想笑。可这回,我得憋着。

"你再好好看看,你的小娇三去哪儿了?"

"妈妈!妈妈!我的亲妈妈!你饶了我!大人不记小人过!我就是个孙猴子,逃不出你佛祖的手心!我是个滴溜溜小的龌龊人儿!别打我脏了你的手!"

"我不打你。"

"妈妈别打!"

"我烧了你。"

我让春香和如花烧起顶旺的柴,让她们把公子的衣服脱光了。我就手里执着烙铁,烧得红红的。把烙铁放在高蕃面前,烙铁发出吱吱的声音。

"高蕃,你要烧掉上面的毛,还是烧掉下面的毛?还是都要烧掉?"我狞笑着问他。

"娘子啊!我不敢啦!我再也不敢啦!"

在我眼皮子底下,就敢干这事儿!那李婆子,成天地弄鬼,被我拘到柴房,给了一两银子,软硬兼施、恩威并加,就把他给卖了。我用烙铁在他面前晃,点着了毛再用冷水泼,虽然没受伤,高蕃却被吓得晕过去了。这次的事儿,就算是揭了盖儿了，翻了篇儿了。

"南山顶上一池水，一个被窝四条腿。

为何生气又打人？只因汉子好弄鬼。

任他卖惨又可怜，把他老巢来捣毁。

他若大胆喊不服，脱下花鞋打他嘴！"

俗话说得好：打倒的老公揉倒的面。每一个女人，都应该好好地去打她的男人。你手上要是省了劲儿，他的毛病再犯了，可就怨不得别人了！

这秀才高蕃，从那以后，可算是收了心，变得服服帖帖的。后来呢，因为他读书读得好，还中了一个举人，我呢，也就被封了一个命妇。这个故事，说到这儿，好像就讲完了。我和我的丈夫，举人高蕃，夫唱妇随，恩爱到老，度过了美满的一辈子，街坊四邻，谁不羡慕我们呢？人家都说，临江府的高蕃，这举人是怎么得的？都是他老婆对他管教得好，他才得了这个功名，成了这个人物。

可这个故事，好像还没完。我的公公婆婆，说什么，都不愿意相信，他们的宝贝儿子，一辈子就要守着这么个夜叉媳妇，看不见个出头之日。就有那神婆儿，说自己会看前世，跑来跟他们说，原来，高蕃的前世是个秀才，我江城的前世，是庙里养的长生老鼠，这秀才，一个不小心，打死了这只老鼠，所以这一辈子，就要还债。他爹妈信了，高蕃，他也信了。你们倒是看看我，我江城，好好的一个女人，有什么地方，像老鼠呢？可见，那些人，都是胡说八道。

我的男人高蕃，这一辈子落下了一个看见我就筋酸骨麻腿又软的毛病，还写了一首诗，在我们县流传开来，进了县志，标题是"惧内"，听说这县志会传下去千年，这下我也算是流芳千古啦！

诗曰：

"常时愁怕尚成欢，犹想芳闺近玉颜；一自火烧两毛后，美人常当夜叉看。"

一袭毛领

世界上最最无聊的事，莫过于绣花了！胡老爹也不知道抽的什么风，非要说，女孩子得要这么着，天天坐着不动，才算作是正经！"专心纺绩，不好戏笑，洁齐酒食，以奉宾客，是谓妇功。"

功个毛线啊！都快到戌时了！我还坐在这里绣花。唉！困死我了。

我叫胡青凤，我和我的家人，住在一个大园子里。我叫他胡老爹的那个人，其实，是我叔父。要是当着他的面儿，我可不敢这么叫，我得恭恭敬敬地，喊他一声"叔父"，我还得低着头、垂着手，跟蚊子叫似的细声儿喊他，他才会满意！我要是由着我自己啊，蹿上去喊他胡老爹，他非气得吹胡子瞪眼，拿起棍子来打我一顿不可。

又不是没打过……

最后一次挨打，这不是才过去了三天嘛……他越打我，我越烦他，背地里，我就喊他胡老爹。

"胡老爹，嗷嗷叫，手里拿着耗子药。

一头哭，一头笑，耗子跑了抓不到！"

我一边绣花，一边给他编了这首歌。然后……然后就没有然后了，我睡着了。

"青凤！"

"唉！"

我慌里慌张地"唉"了一声，睁开我的眼皮，就看见了胡老爹。他正站在我面前发威呢！真是倒霉：

"怎么才戌时，你就睡下了？"

简直来气，"怎么才……"天都黑了，还不让睡觉吗？

"前头厅堂上，来了贵客。你快点梳洗一番，出来见客。"

这大晚上的，胡老爹让我梳洗一番，到前头去，这可是太阳打西边出来了。

实话跟你说：我们家都不是人，是狐狸，我们住着的这所大园子，那也不是我们自己的屋子，是太原耿家的。我家胡老爹可算不上什么好东西，他瞧见耿家的园子大，屋子空了一多半，就带着我们全家搬了进来。老狐狸最会装神弄鬼，很快，就吓得耿家的人搬出去了，这园子，就都是我们的了！

这回他喊我到前面去，不知道是什么勾当！

我走到堂屋，叔母在门口等着我，她要跟我一起进去。进去以后，堂屋高坐着一个男的，年轻轻的，我也不敢多看。就听到叔父介绍我们说：

"这是山荆。这一个，名叫青凤，是鄙人的犹女。青凤这丫头，记性好，什么东西听过一遍，就再不会忘了，刚才您所说的话，对老朽来说十分重要，所以我喊她来听一听、记下来。青凤啊！快拜揖这位官人，他可是咱们的房东，这座大宅子的主人。"

主人？姓耿？可是我没见过他呀？我禁不住张口就来：

"什么主人？冒充的吧？"

胡老爹赶紧说："这位耿去病老山斗，是耿老先生的亲侄子，将来要继承耿老家业的，就是他了！耿先生啊，请您不要介意，我这位小侄女青凤，说话一向就是这个样子。"

那人的眼睛直勾勾的，我扫了一眼，简直忍

不住笑。

"太美了！青凤，你是叫青凤吗？青凤太好看了！恐怕连大禹王也娶不到这么美的老婆吧？我确定涂山氏一定不如青凤美！要是老婆长得像青凤一样，大禹王怎么会三过家门而不入呢？"

这说的是什么乱七八糟的！一个字也听不懂。我叔母拉着我走了出来。

"走走走，青凤，咱走吧，你叔父真糊涂，这个人醉成这个样子，还要喊我们来。"

后来我听孝儿说，那天胡老爹喊我过去，是想让我记住"涂山氏外传"的。就是那个狂生耿去病告诉我叔父，上古治水的那个大禹所娶的老婆涂山氏之女，就是一个狐狸精，中国的第一个王后不是人类，而是狐狸精。胡老爹听到这样的事，惊喜极了，也就忘了什么人类的男女之防，速速地跑来喊我。不料那个狂生看见了我以后，发起疯病来，本来他只是到他叔父的园子里来玩的，这下，可就住下不走了！

我们全家都躲起来，让他不要再看见我们，可是，没有用……

每天夜里，那个狂生就这么跑着满园子里喊，还拿着竹竿到处打：

"青凤，青凤！你在哪里啊？快把青凤给我送来，要不然，我捣毁你家房子！"

晚上，他通宵都亮着灯，也不知道都在干些什么勾当。我瞧见，我叔父溜进了狂生的那间屋子……

接着，我听见了从那屋传来了奇怪的声音……我知道，胡老爹又在装神弄鬼了！胡老爹装神弄鬼的办法多得很，这胡老爹一出手，狂生会被吓死吧？

我化作一只小扫帚，悄悄滚进屋里偷听。

"你算是个什么东西！脸黑就能让我害怕吗？舌头长就能让我害怕吗？哈哈哈！"

完！这个狂生不怕鬼！他把自己的脸用墨汁涂黑，跟胡老爹对峙。要知道，胡老爹现在整个装成了黑无常的鬼样！后来，反倒是胡老爹灰溜溜地走了。

"青凤，青凤！"

狂生对着我所在的角落大喊。嗯？他是怎么看见我的？

"青凤啊！你来看看我吧！你不是一个狐狸精吗？你也得有点法术吧？你就不能趁着你叔叔看不见，悄悄溜进我的房间，来看看我这副倒霉的样子吗？"

原来没看见？

"唉！青凤！你难道不知道，我变成这副倒霉

的样子，被吓个半死，还强撑着在这儿住着是为
什么？还不是为了你吗？青凤！"

"哈哈！"我一不留神笑出了声，也就现出了形。

那人一步迈上前："青凤！你来了？"

"嗯。"

"你……你果然有法术！你是早就进来了，还
是听见我喊你，你才进来的？"

"别问了……来了就是来了。"

"青凤，我跟你说，我……我喜欢你，我太喜
欢你了！我无比喜欢你！我像狗喜欢骨头一样喜
欢你！我一看见你骨头就轻了，我觉得这会儿我
都会飞了！"

"别闹，别抓我手。就你这傻子样，吓坏我叔
叔了，明儿我们全家就搬了，你就再也见不着我
了！"

"搬家？那可不行，我不允许你们搬家，至少
你得留下。"

"我从小是我叔叔养大的，我得听他的话，把
手放开吧，都抓疼了。"

"就不放，放手你就跑了！"

拉拉扯扯间，我听见胡老爹一声大吼：

"干什么呢！"

"青凤，你这个骚狐！半夜跑到单身男人屋

子里，拉拉扯扯，把我们老胡家的脸都丢尽了！走！今天非要打死你不可！"

他说话，可太难听了！

何况接下来，还有棍子……

我一边挨打，一边号叫。狂生又开始敲盆敲碗满院子里喊：

"不许打她！是我拉她的手，跟她有什么关系？来打我吧！要打就打死我好了！骂她骚狐的人，自己难道不是骚狐吗？贱狐狸！骚狐狸！我打死你个老头子！"

那天晚上，我们全家连夜搬出了耿宅。第二年春天，我跟阿德在外头跑着玩儿，遇到了一只又凶又恶的狗，我飞快地跑走，可那只狗紧紧地追在我后面。眼看就要没命了！咦，这时候我瞧见，远远地有个人牵着马过来了，我想也没想，就跑到那个人身边，希望他能救我。他把我抱了起来，我的心怦怦直跳：他，不是耿去病吗？

"小可怜儿，这么好看的一只小狐狸，你，你不会是青凤吧？"

到了他家，他把我放在床上，我就变回了他喜欢的样子。

"青凤！你果然就是青凤！"

"谢谢耿郎！刚才我跟阿德玩呢，结果碰上了那只恶狗，要不是郎君出手相救，恐怕此刻的我，已经没命了。你，你刚才看见我的样子了……没错，这就是狐狸精，我的确是一只小狐狸，你，不会讨厌我吧？"

"我讨厌什么啊！我喜欢还来不及呢！我喜欢你作为青凤的美貌，也喜欢你作为小狐狸的柔软。青凤，自从你走了之后，我常会梦见你，大概是感动了上天，所以把你送来了！"

就在那天，我们相约：从今而后，再也不分开了。去病果然继承了耿家的大园子。阿德侥幸逃生，回到了叔叔身边，阿德一定以为：青凤已经死了。所以，没有人找过我，被全世界和自己的家里人遗忘了的我，就这样，安安心心地在去病的身边待了下来。我们分享露水、雨窗、朗月和松涛，我们携手弹琴、画画、吟诗，这样的时间再过一百年，都不会觉得腻的。在我和去病两个人的世界中，只有欢声笑语，再也没有那种跑过来要打人的人，也不会再有那种要管头管尾的老人家了！

"可以赞天地之化育，则可以与天地参矣。其次致曲。曲能有诚，诚则形，形则著，著则明，明则动，动则变，变则化。唯天下至诚为能化。……"

有一天，我路过书房，耿去病正在摇头晃脑

地读书。我忍不住上前叫住他：

"哎哟！去病哥，你在念些什么东西啊！"

"我在读书呢，阿凤。"

"什么东西啊！听起来好困！我就路过听了一下子，就已经要睡着了！"

"这是圣贤之书！阿凤，这篇叫作《中庸》。你以为我想念啊？我爹让我赶紧温习功课，好去参加科考。这些东西都是必须背会的！"

咦，这些是科考的书吗？我怎么觉得，我叔叔也念过这玩意儿？"动则变，变则化。唯天下至诚为能化。"噢，对了，我叔叔还跟我说过，这段话的意思就是说，我们狐狸精会变化，而圣人都说了，唯天下至诚为能化，所以狐狸精是这世上最厉害的！我叔叔还曾经写了个牌子，写着"天下至诚"，挂在我家墙上呢！

那一瞬，我突然间觉得胡老爹好好笑啊！胡老爹并不参加科考，他学这些东西有什么用？可他不仅学，还学得那么认真，学完了以后，就把自己变化成书里让他做的那种正儿八经的样子。

可这辈子，我再也见不到胡老爹了，不是吗？

我的叔叔胡老爹，是一个性情古怪的狐狸精。从小到大，我跟他的感情不大好，虽说，他养大了我，可是，我却非常讨厌他。他强迫我做女红，做那些我一点也不喜欢做的事。他命令我读"女四书"，学那些一听就不怎么对的道理。普通女孩儿从小干这些，是为了长大嫁个好人家，可我们是狐狸精啊！用得着吗？我反对，也反抗，可他就是不听，还动不动就打我。

如今，我离开胡老爹已经有两年多了，这期间，胡老爹一直以为：青凤，已经死了。

离开胡老爹的日子，虽然不能说是呼风唤雨，但至少，一身轻松！我还以为，这一辈子，胡老爹都不会在我生命中出现了！可有一天晚上，家里传来了敲门声，打开门一看，进来的竟然是孝儿。

孝儿，我的堂哥，胡老爹的儿子。

"耿公子！家中有难，恳求一救！"

他一进门，就扑倒在地上，向着去病连连磕头。怎么，胡老爹出事了吗？

我躲了起来，去病让他坐下慢慢说。

"不，我不坐下，我就跪在您跟前说。家君有急难！一场飞来横祸，可能会让孝儿从此没爹了！当初我们一家寄居贵地之时，孝儿便屡受耿兄恩惠，孝儿知道，耿兄是个好心人，此事非耿兄不能办。"

"我能办什么？"

"公子认识莫三郎吗？"

"认识。"

"明日莫三郎就会从山里打猎回来，必然会路过您的这座园子，出于公子跟他的交情，他会进来，请您看他打的猎物。家君……就在其列。"

"这么说，胡老爹真的是一只狐狸？"我就知道，耿去病要开始摆架子了。

"公子！您是个开明的人，不会因为我们是异类而看不起我们的！"

"既然是狐狸，为什么要装得像个道学君子？那天晚上的事，你知道吗？就因为我们拉拉手，就对我们百般侮辱，还动手打青凤……"

"公子，您大人不记小人过，我爹爹如今生命垂危……"

"需要我救他是吧？你来不顶用，让青凤来求我吧。只要青凤开口，这事我一定办！"

孝儿放声大哭："公子！凤妹已经死了三年了！"

孝儿告诉耿去病，三年前的清明，凤妹死在了郊野，耿去病明知道是怎么回事，却还是顺着他的话往下说：

"那你走吧！就因为你爹的缘故，我跟青凤永生不得相见了！还想让我救他吗？没有可能了！"

听到孝儿走远了，我的心都快裂开了。我求去病救救胡老爹，他却不答话。我急得恨不得跪下给他磕个头。他这才说：

"刚才不是逗你玩儿呢！我当然会去救你叔叔，刚才不过是小小的报复，还不是因为你从小到大挨了这么多打，所以我才报复他的。如今胡老爹该知道了：要是没有你救他，他可就没有命了！看他后悔不后悔！跟你说啊，要是你真的三年前死了，我绝不会救胡老爹的！"

"如果能救我叔叔，我真的感激不尽。我从小父母双亡，多亏了叔叔把我养大，我叔叔这个人……"

"你叔叔这个人！比我爹还讨厌！明明自己是个狐狸精，偏要假道学！装什么装？难道，这就是人们所说的：入戏太深？"

第二天，莫三郎田猎的队伍，果然开到了门口。耿家的仆役，早就等候在那里了，有人牵着莫三郎的马，有人上前给莫三郎擦靴子、打手巾把，莫三郎兴致勃勃，径直就走到了耿家园子里来。

我一眼就看见了拴在莫三郎马背上的……我叔叔——一只黑色毛皮的狐狸。看样子，它已经被抓住两三天了，奄奄一息。眼泪从我眼中滚落下来。这就是我的叔叔，那个神气无比的胡老爹，他一辈子都想当个人，他时时刻刻都把自己当人看，可是现在，人们都看到了他最不想被人看到的样子——一只狐狸。他被一根绳子穿透了身体，血，都流尽了、流干了，粘在他黑亮的毛皮上。

耿去病早已看见了我叔叔，可他装作对莫三郎的每一只猎物都很感兴趣，翻过了三只兔子和五只鸟，才指着我叔叔，问莫三郎这是什么。

"嘻！一只老狐，不值什么钱，就是比平常狐狸大一些。这只毛领儿正好衬我那件儿白裘……"

我也认识莫三郎，他时常到耿去病家里玩。我却没想到：他是这般冷酷没廉耻的家伙！我恨不得上前用指甲，把他的脸挠个道子。耿去病却毫不生气……唉！他生什么气？他又不是一只狐狸。

"三郎！白裘配黑领，不妥不妥。不如把这袭黑领让与我，我看与我那件黑裘更加相衬。我家里正好还有一块鸊鷉白裘，我赠予你。"

"当真？鸊鷉白裘，价格当是这黑毛领的十倍百倍，你怎么肯割爱？"

"不过是一样东西！有什么值钱不值钱的，多少钱能买你莫三郎的一个喜欢？"

我的叔叔，在他们人的眼中，只是一袭毛领！那我呢？我是一只裤腿，还是一截袜子？

整整过了三天，在温柔的红烛的灯光下，我叔叔，那只黑色毛皮的狐狸，在我怀中醒来了。

我赶紧把他放在地上，一转眼，他就变成了人的样子。

"青凤？"

"唉，叔叔。"

"我果然还是死了。"

"不，叔叔，你没死，我们都没死。三年前，是耿公子救下了我；今日，也是耿公子救下了叔叔。"

"我没死？"

"叔叔，您还活着。"

"青凤，你也没死？"

"我也活着。"

胡老爹开始又哭又笑：

"呜呜呜呜！哈哈哈哈。这可真是太好了。凤儿啊，我一直觉得你并没有死，如今看起来，我的感觉是对的！我们一家，终于又团圆了！"

从苏醒的那一刻起，我的叔叔胡老爹，就变了一副样子。他不再不苟言笑，不再注重自己身上的威仪，也不再叽叽歪歪、咬文嚼字了！他变得温柔而脆弱，很容易流泪，也很容易大笑起来。他的目光始终旋绕在我身上，他说，想我想了好几年，这失而复得的心情真是太激动了。他不再对去病哥亢傲，而是换作一副谄媚的笑脸，无论去病说什么，他都随声附和，这种样子的胡老爹，我真是生平从来没有见过。

可是如今，我对最疼爱我的耿郎，却突然起了嫌隙之心。不为别的，只因为，我看到了狐狸在人面前的卑微。

"你好像不高兴的样子？"

"别拿我们取笑，一袭毛领，说什么高兴不高兴。"

"怎么了凤儿？我听不懂你说什么。"

"过去那么些年，我都没弄清楚，我的叔叔为什么要把狐狸的身份藏起来，装得跟一个人似的！最近我才弄清楚了，原来，人的世界里是没有狐狸的。有的，只是一袭毛领、一件皮袄、一领软毛披甲！"

"你、你……真是胡说八道！一袭毛领，会背《中庸》？一袭毛领，会把人怼得说不出话、会把人气得七窍生烟？有这样的毛领吗？"

我不管他现在怎么说，反正我亲耳听见过耿郎把我叔叔称为一袭毛领。我同他不停地闹脾气。耿郎给我赔不是：

"从见到你第一面的时候，我就已经知道你是狐狸、你们一家都是狐狸了，可是，我还是喜欢你。"

这倒像是真的。不过，我还是有点信不过他。让一只狐狸，去相信人，这可太难了……"那好吧，你怎样才能相信我呢？"

腊月十八，六辰值日，卯时三刻，良日吉时，我跟耿公子去病交相拜堂，成了亲事。阿德呆呆地望着我们，整整笑了一天。孝儿欢喜得好几回

自己踩了自己的脚，还不觉得痛。我的叔叔胡老爹，忙前忙后，迎来送往。那些迎送的人都说，这家的老大人知道礼数，待人和气，一看就是教女有方。

我的叔叔胡老爹，这一辈子最大的愿望，就是像人一样地生活，如今，总算是随了他的心愿了。而我呢？嫁给了最喜欢自己的人，我也过上

了人的日子。没有父母祝福的婚姻，终归是有缺憾的，我们的婚事，得到了两家父母的祝福，就算我是一个门阀高贵的人类的女孩子，有这样的姻缘，也该完全知足了！从此以后，我们一家人，还住在耿家的大园子里，就这么，住了一辈子。

新墙头马上

"月圆之夜,仙女下凡是体现速度的!"

我"嗖"的一声,下降到这个小园子里。哈哈,好一座惬意的小花园!骑在墙头的感觉挺不错的!勾引一下园子里的书生,感觉也挺不错的!

"喂,书生,你好!"

"是谁在跟我说话?你是在叫我吗?"

"是呀,你在这里干什么呀?"

"这是我家的院子,我坐在这里读书。"

"读书……累不累啊?不如,我们来玩吧!"

"你是谁呀?"

"我是红玉呀!"

"红玉？我没有见过你啊。"他当然不会知道我是谁，前一个时辰，我还在岭南，突然想起北方的月色，便驱驰万里来看月。他虽然是不知道，却甚是会猜——

"对了，你是不是邻舍王侍郎家的女儿？我听人说，王侍郎有好几个女儿，都长得很美。你是第几个？"

既然他自己骗自己，我不能错过这个骗他的机会。

"我是第三个呀！"

"噢，王三小姐，久仰久仰！"

呀，不行，这王三小姐，过于有名有姓了！万一他们有机会碰上，就知道我是假冒的了。我不如冒充一个谁也不知道的人。

"逗你玩的！我不是什么小姐，你见过哪个小姐，骑在土墙上的？我呀，不过是三小姐屋里的丫头！今晚的月色很美，你猜猜我手里是几枚铜钱？"

"这怎么猜得出来？"

"你就胡乱猜一下嘛！你就说：三枚！"

"三枚。"

我在手里变出三枚铜钱来，把手伸出来给他看：

"你猜对了！确实是三枚。"

"噢，我猜对了！猜对了有什么奖励吗？"

"猜对了的话，可以亲我一下！"

"这……真的可以吗？"

"别说话，看，那里有一颗流星！"

我趁他抬头看流星，突然在他的脸颊上吻了一下，然后像一只狸猫一样躲开了。

在黑夜中的远处，传来我的大笑声。

这个人叫冯相如，他还很年轻，他不知道，我们狐狸精是要勾引人的，他，就是我要勾引的人。第一眼，我就看中他了。

从那以后，冯生经常在花园里跟我谈天约会。有时候，我们谈天；有时候，我们联诗。

"今晚的月色好美，我写上句：玉碗盛新酒……"

"清愁容易消。对谈至夜半，你说下句。"

"好诗！这么快就说上来了。下句是，嗯，下句是……"

"快说呀！"

"对谈至夜半，至夜半……都到夜半了，这肚子该饿了！有了，下句是：情人变老饕！再起一联是：嫩鸡肥鸭子。该你了。"

"红玉！你这叫什么破诗啊！嫩鸡肥鸭子！在哪儿呢？嗯？在哪儿呢？没有的东西，不能入诗，这是孔子说的，你不知道吗？"

"看你那个样儿，准是馋了，你只要把诗联好，我就算变成一只黄鼠狼，也去给你偷只嫩鸡去！"

"行！我平生别的没有，有的就是才华！我一直想不通，一个人要这么有才华干什么，也不当吃当喝的！竟然今儿晚上，我能用才华换一只嫩鸡了！行吧，联诗就联诗吧。嫩鸡肥鸭子，妖物频相招。不惊春容瘦，只觉上秋膘。全写完了，怎么样？'黄鼠狼'，去给我偷只鸡？"

我嘻嘻笑着，他不知道我是一只狐狸嘛！

"你等着！偷鸡，我在行！谁让你在诗里把我写成妖物呢？走了，偷鸡去了！"

一刻钟后，我拎着一只被我拧断脖子的鸡，欢天喜地地从墙头跳进园子里。

"鸡来啦！冯相如！你要的嫩鸡我抓到了！给你吃鸡吧！"

却听见一个苍老的声音：

"是谁？什么人在那里？"

哟，怎么是他爹候在那里？我还是赶紧跑吧……

"别跑！"

"没，没跑……"

"你是谁？"

"我是……我是红玉。"

"你是什么人，到这里来干什么？"

"我……我是来送鸡的。"

那老爹一脸正义凛然地说：

"什么鸡？给什么人送鸡？你喊着我儿子的名字，莫非是给他送鸡？"

在这个月光下的小院子里，狐狸精，我——红玉，带着一只鸡，跟书生冯相如的父亲狭路相逢。我转身要跑，冯相如的父亲却紧跟不放。他气得浑身发抖。我真的不知道他为什么这么气。不就是一只鸡……

"有哪一个好好的姑娘家，半夜跑到别人家院子里！我都替你害臊！还没出门，你就跟男人有了这种事情，你有没有想过你以后的丈夫受了多大的损失！"

"出门"，是什么意思呢？"这种事情"，是什么事情呢？"以后的丈夫受了多大的损失"，这又是什么意思呢？

"你就是不要脸！小小年纪，就跟荡妇一样！那个逆子，逆子到哪里去了？"

我看见冯相如了！他直挺挺地跪在地上。

"爹！"

这一声颇有定位的效果。他爹跑到他跟前，

给了他几个嘴巴子。

"你这个不学好的王八羔子！让你在书房里读书，你却学成了一个坏东西，既糟蹋了人家姑娘，也糟蹋了你自己！"

冯老爹臭骂一通，拂袖而去。月色还是那样的月色，清宵还是这样的清宵。

"你的什么父亲！把人骂得好难听！我感觉我都没脸活着了！就连我这会子站在这里，都会觉得脏了这里的地，我以前还从来、从来没有过这种感觉，我觉得自己好贱！"我哭着说。虽然他说的话我大半不懂，可我懂的那些，我觉得都是最脏的意思。

"红玉，别哭了，我爹冤枉了我们，我会慢慢跟他说的！"

"你慢慢说吧，我走了！"

"红玉，不要走！"

"不走又怎么样，留在这里等你爹接着骂我荡妇吗？"

"我跟我爹说，咱们俩是清白的，我让我爹去提亲，不好吗？"

"你爹会同意你娶我吗？别做梦了！你爹想让你娶个邻村的老实丫头，不想让你跟我这个狐狸精结婚！"

"红玉，千万别这么说自己，谁说你是狐狸精了？"

"我就是狐狸精！狐狸精怎么了？你们人类不想娶狐狸精，我们狐狸精还不想嫁给你们呢！"

"红玉，别生气了。我发誓，我绝对不会认为你是狐狸精的！"

我只有让他亲眼看看我的法力，才能让他知道我是货真价实的狐狸精，我们狐狸精不是好惹的！

"嗖！"

我虽然没有去见他，但是给他寄了一封信。

"六十里外，有一个吴村，吴村里，有一户姓卫的人家，这卫家，有一个女儿，是你目前最佳的结婚对象了！向她求婚，需要四十两银子，这钱我给你，你快去求吧！你不是已经知道了我是狐狸精了吗？你们人类也叫我们狐仙，所以我现在跟你说话就是神仙降旨，你敢不听吗？"

之所以寄信和钱给他，让他娶其他人，不过是赌气的意思。我跟你好了吗？不过是在一起玩了几次，联了联诗，我怎么就跟你好了？你们人类的世界，净是一些乱七八糟的东西。你不要自己再胡思乱想了，你以为我喜欢你，我们狐狸精一贯只喜欢拿你们取乐开心，没有别的意思。

冯相如睡梦里也想着我，可不管他怎么叫喊，我都不会去见他的！

只要我不出现，他就不会得到任何关于我的消息。

他的父亲冯老爹，自从发现了他在后花园中约会，便开始念叨起儿子的婚事，并且到处托人去打听附近村中的未婚女郎。有一天，冯老爹开始念叨起吴村那位姓卫的姑娘。

"好，倒是好，就是太贵了！不过是个女儿嘛，又不是个东西，还要论价！买不起！"

"父亲，您说什么呢？"

冯老爹说："这附近方圆一百里的姑娘我都打听过了，只有吴村一个姓卫的姑娘合适些。可是人家要四十两银子才肯定亲，咱家拿不出来啊！所以我在这里生气。"

冯老爹一生起气来，那可是真的生气，那可要好看了呢！他一生气，最喜欢啪啪打自己耳光。像冯老爹这样的人，可真让我们狐狸开眼。

"哎……爹，您干吗这样？"

"我一点用也没有！"

为了不让他爹打自己的脸，冯相如赶紧说："不过就是四十两银子嘛！我……你儿子我有钱。更多的拿不出来，四十两倒正好是有。那一回我在咱家后花园里，被一个东西绊了一跤，起来一看，就是这一块大银子，你看，就是这一块。原来这是菩萨送来给我娶媳妇的钱，爹，你别生气，也别扇自己耳光了，你只要拜拜菩萨、谢谢菩萨就行了。"

冯相如拿着我给他的钱，来到了吴村，他的相貌和谈吐，立即就引起了卫家人的好感。当他把四十两银子堆在桌上的时候，卫家的人立刻就同意了这门婚事。他娶到了卫家的女儿，那个虽然荆钗布裙，却神情光艳，美得像夕颜花一样的女孩。这个女孩不仅美丽，而且勤俭，对待丈夫和公婆都很顺从，冯相如婚后的日子极为幸福。过了两年，卫氏为他生下了一个儿子，起名福儿。这一天，正是清明节，卫氏抱着福儿，去给冯家的祖坟扫墓，就在那里，她遇到了乡里有名的恶霸——宋大官人。

冯相如好好地在家里坐着，却是祸从天上来。有人使劲敲门。那种敲门的办法，听说，叫作"报丧门"，既不好听，也不吉利。

"冯相如！我家大官人让我敲门告诉你一声：这是十两银子，你别敬酒不吃吃罚酒！好好拿着银子，你老婆归我家了！"

冯相如推门便出去了："你是个什么东西，你在说些什么？光天化日，朗朗乾坤，就能在街上强抢民女吗？"

宋家在朝中为御史，自然势焰熏天。

"抢什么抢？我家大官人就要一个女人，还用得着抢吗？你家那么穷，那么寒碜，还配有什么老婆？"

从屋里蹿出一个人来，那是冯相如的老爹。不管冯相如在旁撕心裂肺地喊："爹，你打不过他们呀！"冯老爹还是奋勇向前。

"你别管！我今天不活了！我打这一群欺男霸女的玩意儿！我拼了我这条老命！"

人家原就是如狼似虎的人，不过是动动手指头，就能把他打死。

"我，我，我，啊……我流血了！流得好，流得好！你打死我，你打死我！你个狗腿子还打我，我咬死你啊啊啊啊……"

"这老头子跟条狗似的！怎么样，打死了吧？"

"打死了，打死了。"

"好。我的爷，疼死我了，生生咬下来我一块肉！"

"你忠心为大官人办事，大官人不会忘记你的。"

谁能想到：冯老爹的结局是这个？我虽然深恨他当时骂我，可如今却再也怜悯不过。

"父亲，父亲，父亲！你怎么流了这么多血啊！心疼死我了！"

在这个凄凉之夜，冯老爹流着血死去了，孩

子在床上大哭，而远处传来消息，被宋大官人抢走的卫氏，不屈而死了。一夜之间，冯相如失去了父亲和妻子，他呆呆地抱着孩子坐在床上，感觉眼泪都快流干了。

"下马饮君酒，问君何所之。"

前面就是一家小酒馆，冯相如在里头喝闷酒的小酒馆。

让我先变身一下，贴上一个假胡子，在下巴上粘上一颗黑痣。

"哎！你是个什么东西，竟然挡在我面前？"

正在喝酒的冯相如有气无力地说：

"你自走路，我自喝酒，我坐在座位上喝，并没有挡在你面前。"

"还敢顶嘴？小心我抽你！"

我这般无理，他却只是站了起来。

"你怎么站起来就走了？站住！就知道躲！你要躲到什么时候？你这个人，表面是个男人，其实呢？你敢不敢把你的鸟掏出来看看？恐怕早就飞了吧？哈哈哈哈！"

他有些动怒了，转身看了我一眼：

"你！……"

嗨，算了。遇到一个疯子！跟疯子讲什么道理？

他宽解着自己，走出了小酒馆。他这般懦弱，让我心疼。毕竟，冯老爹是因为过分刚烈而死的。冯相如大概对自己说过很多次了：不能像冯老爹那样。

我紧紧跟在他身后。

"你跟着我干什么？"

"冯相如，你有杀父之仇、夺妻之恨，你全都忘了吗？"

"你在说什么？我听不懂。"

"你不想找姓宋的报仇吗？"

"不，不想，我不想。"

"你不想？冯相如，你还是一个人吗？你爹虽然性子急、混不吝、不知变通、认死理，可他一颗心都在你身上，明知道打不过，为了你，还要去拼，把命都送了；你老婆全心全意对你好，就在出事的那天早上，你读书睡得迟，她走得早，她还特地蒸了一碗桂花糖酪放在橱柜里，等你起来以后吃，这两个人都死了！冯相如，你还活得下去吗？"

我说到一半，他已开始流泪。后来便放声大哭。

"可我还有一个孩子，我的孩子才一岁，我爹和娘子，他们两个都把这孩子看得无比贵重。我自己的命不足惜，可孩子没有我，万万不能活下去。我藏了一把短刀在身上，随时都要去杀了仇人，只要有人帮我养着这孩子，我就去！义士，把这个孩子送给你，你答应我好好对待他，我就可以去报仇了！"

我装作镇定，继续用男人的声音说：

"送给我？笑话。养孩子，那是老娘们干的事。把你的短刀给我！"

不由他答话，我伸手到他怀中，抽出他的短刀，转身就走。

"你干什么去？"

"去杀人。"

"请问义士高姓大名？在下肝脑涂地报答你！"

"别问了！也不知道杀不杀得成，杀成了再说！"

当天晚上，宋大官人被一把短刀所刺，死在了床上，他的两个作恶多端的儿子，和那两个一直做帮凶的家人，也都被杀死了。一夜之间，一门五尸，这桩凶案轰动了四方。有人说，这五个人，一定是书生冯相如杀的。有人曾见过他私藏一把短刀，而且，宋家跟他，本就有深仇大恨。

狱卒对冯相如严刑拷打，逼他承认自己杀了宋家人。

"冤枉啊，打死也不能招啊！我家里有一岁的小孩子，哪里也去不了，怎么能出门杀人呢？而且是一连杀五个男人，我也做不到啊！"他被打得熬不住，可还是为自己辩解道。

"不是你杀的，那你为什么连夜跑了！"

"我……"

"你说不清楚了，是吧？接着打！"

这天晚上，冯相如被拘在牢里，负责办案的县官刚睡下，就被一个声音惊醒了。

那是我飞刀的声音。

就在县官睡觉的大木床上，一把短刀深深地扎入床柱。此处距离县官的头，只有一尺。有人上前，想要把短刀拔出来，拔了半天，却纹丝不动，仿佛是嵌在木头里一样。此情此景，让县官毛骨悚然，身上抖个不停。他想，反正宋家已经没有人了，没有人，也就意味着没有了苦主，就算破不了案，也不会有什么麻烦的，总比莫名其妙被人杀了好。第二天，冯相如就被从牢里放了出来，无罪归家了。

冯相如脚步沉重地走在回家的路上，却远远地听到家里有鸡叫。

看到我抱着他的孩子，站在大门口接他时，冯相如惊呆了。

他以为的家，是孤影对四壁，是缸里没有一粒米，是满屋的忧愁、满室的恓惶，所以一步一挪地往家里走去。等他真的到了家以后，却发现院子里焕然一新，园圃都被收拾得欣欣向荣，鸡鸭满地、鲜花盈席，又加上浮瓜沉李，有一院子的好东西。

我抱着那个孩子，他还不会叫爹爹，但是他会对他说："啵啊！"

"你看这个爹爹，像不像一个要饭的？身上的衣服都破了，浑身还臭烘烘的。这样的爸爸，咱们离他远点吧，让他把这一身乱七八糟的脱下来，都扔到门外头，才让他进门呢。"

"啵啊！"

"这就是你的啵啊！快去，让啵啊抱抱！怎么，不让啊？这可是你的啵啊！"

屋里准备好了柔软的床褥，炉子上炖着疗伤的药，瓷壶中，盛满了补气的红糖水。冯相如在温暖和不能置信的幸福中昏睡过去，做了一个大梦，在梦里，他什么也没做，只是哭。他在梦中哭着，仿佛忘记了一切伤痛，忘记了对亲人的思念和对命运的愤懑，而只是大声地、像孩子一样地哭着，怀中，还紧紧地抱着一只小狐狸。

第二天早上醒来，相如在床上看不到我，便急忙地抓过一根拐杖，拄着去找。在一间废弃已久的房屋里，他看到我在纺绩。我穿着粗布的衣服，用一块灰色手帕包住了头发。

"快歇着去吧，你的伤，还得养着。"我随手在旁边筐里摸了一个梨，抛给他。

"红玉，刚才找不到你，把我的魂儿都快吓掉了。你可千万别再离开我了，求你了，我给你磕头了。"

"这是干什么？男儿膝下有黄金，你怎么说跪就跪了？"

"红玉，答应我，不然我就不起来。"

我这会子要是手里有面镜子就好了，真想给他照照现在的样子，再给过去的他看看。要是三年以前，我说你给我跪下，他准得跟我急。

"还记得咱俩打过的那些赌吗，你要是输了，就得喊我一声大姐姐，你愣是不肯喊！怎么这会儿连跪都肯了？"

我笑着，他却哭了。他上前抱住我，"红玉，你要是从来不曾走就好了，你当初为什么要走啊！"

我擦干了他的泪。"这会子后悔，是再也来不及了！我何尝不曾悔青了肠子！可是，让时间倒流，我做不到。我能做到的，只是从现在开始，我们俩不再受苦了！冯相如，当初我是为了我的自尊心而离开的，可是现在我才明白，跟你在一起才是最重要的。"

这些道理，哪里是没经过离别、没经过爱的人所能懂的呢？

我扛起一根扁担，要去挑水。

"你好好养伤，这些活儿让我来。等你的伤好了，你就去读书，从今往后，你读书、我耕田！"

我像个男人一样地干着那些粗活：除草、耕田、修房子、打农具、养牲口。我还买了田，雇了人。不到一年，我家的日子便不复往日的光景。会考的日子近了。冯相如忧虑着，由于被牵扯进宋御史灭门一案，他早就没有报考资格了。我告诉他说：

"你就放心吧，我早就让咱们家的邻居们联名上书，写清楚你的冤枉，又上下打点了一些银子，你的名字早已恢复到生员的名单里。要是等着你想起来再去办这些事，黄花菜都凉了！"

我告诉你后来的一些事吧。三十六岁那年，冯生，人们都叫他冯举人，他不仅是一位举人，而且是远近闻名的财主。他的妻子，我，人们都夸赞我，是一位纤腰不盈握的美人，所有见到我的人都说，我也就二十岁左右。我每天都会到地里劳作，可总有人不信，因为她们亲手握过我这位举人奶奶的手，说这样的一双手，是绝对不可能干过任何农活儿的！这就是狐狸精"红玉"我这一世的故事了。

这一世，他始终不知道，那位突然降临小酒馆的侠客，是我。

倩女幽魂

当独自一人的时候，我常想：我，是如何落到如今这个田地的？

"啧啧啧，真是个美人儿啊！就是可惜……可惜了！看到你这个样子，我才算明白了什么叫作'人不人、鬼不鬼'……"

"嘿嘿！世人要是知道你是个什么东西，干了些什么事儿，就算你已经死了，也能让你再死一千多回了！你知道吧？像你这样的女人，会被人称作是什么？她们会说你是……鬼蜮伎俩！艳货骚鬼！嘿嘿嘿嘿嘿……"

"卖色怎么了？这儿的野鬼多了，个个都想靠着色相，跟人亲近亲近！可惜啊，她们没有啊！你就不一样了，你天生就是个大美人儿，如今也是个大美鬼……"

"女人，要是沦落到以卖色为生，那就是一条贱命，而你呢，卖色的死鬼，那就是一条至贱的命，十八层地狱里的货色，连一只蚂蚁，都比你贵重些……"

这么议论着我的两个人，一个是金娘子，另一个是尹姥姥。我如今最主要的烦恼，都来自她们两个。她们的嘴里说出来的话，一句句都好像是小刀子，把人扎得遍体鳞伤。一开始，我设法躲避她们的攻击，做一些事去证明我自己：我要证明自己不是一个艳鬼，不是一个邪灵。可如今，在她们日复一日、从不停歇的攻击下，我已经放弃抵抗了。我，聂小倩，就是一个艳鬼，一个邪灵。

久而久之，我也就变成了她们想要我变成的样子。

"来人啦！"

"小倩，你来男人啦！嘿嘿嘿嘿……"

"你来生意了！"

我披衣出迎：

"来了生意了吗？让我看看，来的是谁？长得好不好？"

来的是一个书生。

"哎呀！好荒凉的一座古刹！不问长安路上行，却教山寺厌逢迎。味无味处全吾乐，材不材间度此生！我来得好啊！寺中殿塔壮丽，蓬蒿却已经高到了没膝的程度，好像长久没人来过了！东边，修竹几竿，西边，野藕已花，这一片大池塘！让我投一片石头，去打前面的野鸭。"

书生嘴碎，武艺却是不行。野鸭没打到，却打到了苇丛中的一人。

"哎哟！你打得可不准！你不是要打野鸭吗？怎么抛来一块大石头打了我一下子？你这个人，明明湖在那边，我在这边啊！"

那人是个山东人，这位书生却一口我们浙东的官话。他忙不迭地道歉："这位兄台，实是对不住！我好久没练了！"

"我教你！"

"不会吧？您随便一挥手，一只乌鸦就被您砸中掉下来了？您是一位高手吧？"

那人便是燕赤霞。

"在下宁采臣。偶临此地，见古刹清幽，顿生幽栖之意！兄台可是此间居停主人？"

"少跟我拽这些文儿，俺又不是读书人，你说的什么，俺一个字都听不懂。"

"我是说，我觉得这里不错，想给您付点房钱，在这里住几天！"

"俺不是主人，也是个借住的！这个大庙是没主的，在这儿住下来，不要什么房钱！"

一晃到了深夜，明明朗月，照影无眠。从烟囱中往里望去，白天来的那个书生，躺在他自己用破板子搭成的床上，两手枕在头下，睁着眼睛。这是最好的时机了，想睡又睡不着的时候，男人们往往会想入非非、绮梦联翩，我若此时出现，便是他梦中的佳人、飞来的艳福了。他们才不管三七二十一呢！这世上的男人啊，都有一种愚蠢的偏见，几乎每个男人都深深地相信：跟女人睡觉这件事，自己是绝对不会吃亏的！

我飘到了院子的前面，落在了地上，准备推门而入，却不料看见了金娘子和尹姥姥，她们站在那里等我。

"小倩怎么还不来？"

"哟，您还急上了！急什么呀？她肯定是要来的。"

"唉！这个园子，来的人是越来越少了，有时候竟然几个月也没有一个，我怎么能不心急呢？"

"姥姥，我知道你肚子饿，可你也别表现出来你的着急，免得那丫头以为我们离不了她！"

"还真是离不了！没有她来勾搭这些男人啊，我们早就饿死了……"

"哎哟，鬼呀！"夜叉一回头，才看到我早已在她身后。她喊着"鬼呀"，难道不知我确实是鬼？"吓死人了，你这走路悄默声儿的，什么时候跑到人后头的？"

"我也是刚来。"

"幸亏没说你什么坏话，要不然，你该饶不了我们了。我和婆婆正念叨着你的好呢！哟，啧啧，你看这新妆画上了，比那画上的人还好看！我要是个男人啊，连我的魂儿也被你勾走了！"

金娘子和尹姥姥，她们不是别的，乃是吃人的妖怪。我呢？我是聂小倩，是勾人的艳鬼。我先把人的魂儿勾走了，再把人的肉给那两个妖怪吃。我们之间的配合，好像是天衣无缝。可她们自己明白：她们，是离不开我的，而我，却可以离开她们。为了把我拴牢在这里，她们两个一直在努力让我相信：我，只能过这样的日子，聂小倩，没有别的出路，只能做一个艳鬼。

别无选择，我推门走了进去。这下可要把我的脚步声，放得分外响些。

"谁？"

"睡不着吧？是我，来陪你了。"

"你又是谁？这是人家的居处，怎容你不请自入？"

"你不请我吗？我帮你把灯剔亮一些，让你看看我。看清楚了吗？"

"看清楚了。"

"怎么样？"

"并不相识。"

这般不解风情，也还真是少见。一般的男人，只要看见我的容貌，多半都要神魂颠倒。

"哎呀，看你，点灯不是为了相认，只是为了让你看看：奴家美不美？"

"哎呀，罪过，我恨不得抠掉我这一双眼睛！没有事，干什么看人家女娘！一点也没个尊重。哎，那小女娘，别往我的床上坐！"

"你说，奴家是不是很美呀？"

"我不说，我不看，我也不动，我就站在这儿不睁眼。"

"哈哈，那我就不走了，看你在那儿站一夜！"

"不行，站在这里是权宜之计，不是长久之计，一男一女独处暗室，至为不妥当。唉！我本当走出去，奈何外面是野藕池塘、荒山败庙，说不定还有野兽出没。女娘，既然你是这里人，想必另有托身之所，还是你走出去吧。"

看来，还是要想法子引他入彀。

“人家都说了不走了，这黑灯瞎火的！凭什么你一个男人不敢出去，我就敢出去呢？其实，何必我们必须出去一个呢，我们都待在这屋子里，不是最好吗？”

我拉他的手。

“别碰我的手，我喊人了！”

“哎哟，这里哪有人啊？你就是喊破喉咙，旁人也听不见呀！”

“天地清明，乾坤朗朗，君子慎独，不欺暗室。像今天这样危险的局面，我，宁采臣，要表现出一个儒生应有的修养……”

既然牵手亦不管用，不妨赤裸相见。刚才我已瞥见了，这是个平常男子，亦是有七情六欲。“你看，我这个肚兜，好看吗？”

“你，你怎么脱起衣服来了？”

“谁家睡觉不脱衣服啊！来，我吹灯，上床睡吧。”

“你，别拉我！你再碰我我就……我就……你要是再敢碰我一个指头，我，我就自杀！我说到做到！”

那天晚上，突然发生的事情把我吓到了。那书生的性子极为刚烈，我还没有怎么样，他就拿一把短刀，往自己胳膊上扎了一道口子。看来，他是真心不让我靠近的，而不是像别人那样装装样子。我吓得赶紧跑了出去，再也不敢停留。只不过，一刻钟以后，我又拿着一大块金子进来了，摆在了他的脚边。

"刚才是我错了，不该对你有非分之想，差点害了你的性命。这一锭黄金，聊表寸心，就算是补偿你，请你自己买点吃的补补身体。"

可我刚出了门，一样东西就擦着我的耳朵飞了出来。屋里的那个书生，把金子扔了出来。

"谁要什么补偿啊！你把我当什么人了！"

我在这里十年了，还从来没有见过这样的人。身为一个艳鬼，每次都能得手，乃是因为掌握了男人根本的弱点。男人最根本的弱点，不是好色，而是傻里傻气地相信：跟一个女人发生私情的话，自己绝吃不了亏。按理说，你不认识我，我也不认识你，我不喜欢你，你也应该不喜欢我，离得太近，不应当觉得讨厌吗？深更半夜，破庙荒山，灯火幽明，就算我貌美，你能看清楚我的脸吗？要是一个单身姑娘住在这里，从外头闯进来一个男子，怕不吓死了才怪！凭什么就敢在这样的夜晚，跟这样的女人幽媾？这么说的话，一个女人，跟一锭金子，是完全一样的东西。地上掉的金子，不捡白不捡；不认识的女人呢，也等于是白捡的！我喜欢刚才的那个书生，那个把我攮出门

293

的书生。我在他的身上，看到了一种高贵的品格。我想要再见到他，再跟他说说话。

我是聂小倩，是一个埋在荒山一百多年的孤魂野鬼。一个鬼寂寞地过了一百年以后，受不了这荒山里的孤苦，慢慢地，开始游荡人间。当我发现这座荒庙中，时常有人来住，便走下山来，想要看看人类的世界。

我的第一个男人，是庙里的过路商人。我不知道他是从哪里来的，也不知道他的名字，他喊我过去，我便过去，并不知道接下来会发生什么。接下来发生的事，大大出乎我的所料。我生前也只活到了十七岁，十七年都在闺阁里，没见过什么世面。我不知道他对我做了什么。我只感到了一阵疼痛。我看见他心满意足地睡着了，但是接着，他就死了。

我看着他的尸首，不知道他是怎么死的。金娘子跑来对我说："剩下的交给我吧。"

"剩下的？剩下什么了？"

接下来，我就看见金娘子和尹姥姥这两只野怪，一起趴在那个男人的身上，就像刚才那个男人趴在我身上。不多久，这个男人就变成了一具白骨。

一个人如果死了，就剩下一具尸体，这在野

怪看来，是难得的食物。就是这两只野怪告诉我：这个男人，是因我而死的。我不禁怕极了：难道，我会杀人？

"嘿呀，怎么不会杀人？别装无辜呀！你是至阴之体，同你交媾的话，人的精气一下子全被你吸走了，他呀，就要死了。"

是啊，你们只要见到了我，你们就该死了。

男人只要见到了我，男人就该死了。

宁采臣因为一直没有死，所以陆陆续续地，看到了庙里两个死人的尸首。这让他惊惧不已。

"连着两天，这个庙里死了两个人了！前几天刚看见他们俩住进来，起炉子、买家什，热热闹闹、喜气洋洋，一转眼就都死了！这是谁干的？"

"我干的。"我早已跟在他后面进了门。

"鬼啊！一点声音也没有，就到人家后头了。你？你是什么时候进来的？"

"我跟你一起进来的。"

"我刚才没看见你啊！什么……是你干的？"

"他们二位，一个好色，一个贪财。难道不该死吗？你不要怕，你是安全的。书生，你不会死，我不会让你死的，你要是死了，这世上不仅少了一个好人，也少了一个好鬼——你本来可以救我的，让我变成一个好鬼，就能救许多人。"

"小娘子所言何意？"

"这两个人，一个是我用色情杀的，另一个，是我用金子杀的。好色的那人，一亲近我，便会死；贪财的那人，拿了我的一锭金子，金子是杀人的道具，里面藏有飞天蜈蚣。蜈蚣，是一只野怪，她还有一个名字叫尹姥姥。她是这座山上最厉害的野怪，也是野怪的总头领。另一只野怪叫夜叉，金娘子，总是在她身边，这两只怪，她们总要吃人，她们就养了我，让我去杀人给她们吃。书生，你救救我，我不想再被这两只野怪驱使了！"

宁采臣倘若出了大庙的门，就该向南走，往山坡上走，大约走出二里，他将看见一棵白杨树，他一眼就能认出这棵树，因为上头有一个很大的乌鸦的窝。就在这棵树底下，有我的骨殖。

"你把我的骨头挖出来，带上，然后回家，把我埋在你家附近的地方。"

他听了我的叮嘱，哭出了声："千里孤坟，美人黄土，好不让人惆怅啊！卿埋泉下泥销骨，我寄人间雪满头，唉！真想放声一哭！"

"别忙着哭，书生，你在这儿住了好些天了，还没有死。比你来得晚的人，都已经死了。现在庙里的客人就剩下你和那个山东人了，我不杀你，夜叉会亲自动手的！你记住了：庙里的那个山东人，是个剑客，他是野怪们最害怕的人。你只要跟他在一起，就能确保安全。"

宁采臣不由分说地搬去跟燕赤霞一起睡。这天晚上，虽然躺在燕赤霞床边新搭的小铺上，可宁采臣说什么也睡不着。到了一更天时分，窗外隐约出现了一个人影，宁采臣目不转睛地盯着窗户，突然，那个黑影向窗户扑来，变得无比的大，覆盖了整个窗户，有一只红色的眼睛，就像火球，在窗外闪动着。

从窗台上的箱子里飞出了一道白光，直直地插入红色火球，眼看就要刺穿它了，却触到了窗棂，发出"格"的一声响。接着，白光回到了箱子里，而窗外的黑影也不见了。宁采臣看见，燕赤霞起身，走到了窗边，把箱子打开，取出里面的东西，原来，那是一把短刀。燕赤霞把短刀在鼻子底下嗅着：

"有妖气！"

"是……是什么妖啊？"

"是一只老野怪。咦，你怎么不睡觉？放心睡吧，要不是这石头窗棂子，她这会儿早没命了！现在她也受了重伤，不会再来了！"

第二天，书生宁采臣果然骑着一匹瘦马，来到了大杨树下，挖出了我的骨头，带我回了家。

他不知道这样做意味着什么，我却知道。他这样做了以后，我便成了他的鬼妻，从今往后，他抛不下我了。

一路上，两只野怪喊着我的名字，跟着马，追了十来里地，一直到她们再也追不上了，这才回去了。

书生宁采臣在离开古庙之时，剑客燕赤霞送给他一个箭袋。托这个箭袋的福，现在的我们，已经是百妖不侵，任什么妖怪都不能近身。所以，我坐在瘦马的背上，悠然从容地，听着两只野怪胡言乱语。有时我觉得非常有趣，不禁"呵呵"地笑出声来。好在，坐骑上的书生宁采臣，既听不见我的笑声，也听不见两只野怪的骂声。我不会听她们一个字的，我有我的打算。吸了那么多精气，距离我获得新的生命，已经不远了。假如能够复活的话，我要好好地去活一辈子。我要洒扫庭院、生儿育女、孝养公婆、礼敬丈夫，过平凡女人的一生，想到一个那样的聂小倩，我嘴角的笑意更深了。

宁采臣出门已经两个月了，这是一趟神奇的旅程，路上发生了不可思议的事情，他捡回了一条命，还捡回了一个女鬼。离家日久、思乡益深，如今，他着急赶回家去。我是聂小倩，我是女鬼，死于十七岁。一百多年以后，人的精气、烟火气，让我从死中回到了生。当我们回到家中的时候，宁生的妻子恰好去世了。从此，我在书生宁采臣的家中，操作劳动，照顾他的母亲，宁生逐渐地喜欢上了我。当我活过来以后，我就嫁给了他。有一种重生，叫作脱胎换骨，彻底抛弃以前的，开始新的一生。我脱胎换骨了。这世上的聂小倩，再不是艳鬼和邪灵，我明媚天真，我坦率忠诚，我老实敦厚，我温柔可亲。我的丈夫宁采臣，是一个道德君子，他的行为规范，逐渐地，也成为我的行为规范。我成为他的伴侣和知音。

不要问我从前的事，嘘！我要告诉你：那些事从未发生过，请你像我一样相信吧。

二十 倩女幽魂

300

婴宁

　　小荣总是对我说：拜托，婴宁，不要总是对着人家陌生男的笑。如今这个世道啊，很多人自我感觉都太好了！你对着他们笑，他们又不知道你脑子不好使，还以为你看上了他们呢。哈哈，小荣根本就不知道我为什么笑，她要是知道了前因后果，准得也笑死了呢。起初我出门，看见人家盯着我看，我就以为我脸上有脏东西、花儿戴歪了、衣服破了个洞，我就赶紧掏出铜镜，仔细看看，也没什么不好啊！为什么要看我呢？我就去看那人，结果那人反倒不看我了，脸却红得像西瓜瓤子，我就笑起来：我脸上又没什么，你看个头啊！是不是傻？

小荣竟说：他们看我，是因我貌美。小荣这个呆子！一个人看我，是因为我貌美；满街上的人都歪着头看我，都是因为我貌美？

小荣又说，他们看我，是因为我手里举着一面铜镜，一边走，一边照，一边还瞧着人呵呵地笑。小荣还说，之所以满街的人看我，是因为觉得我是个傻子。小荣这个呆子，她都忘了从前的事了？从前我们出门总遇到傻子，上回有个人跟着我走了二十多里路，还赶上来跟我说，他叫什么名字，家住在哪里，这难道不是傻子？

都说到这儿了，小荣还是有话说。她说我一边走路，一边回头看人家，冲着人家笑，人家这才追上来了！她说，被人家追了二十多里地，这二十多里地，傻小姐——就是我——就跟东北的傻狍子一样，走两步回头看一眼，就像是唯恐人家不追上来。

笑死人了。

我跟小荣一边说话一边笑，却惊扰了路边一个书生。那人仿佛十分留心我们在说什么。他一直跟着我们走，此时突然上前搭话：

"敢问小姐，有何事要吩咐小生？"

他这副样子实在太可笑了，我们说话，跟他

有个屁关系啊！后来小荣说，他看见我回头看了他几次，就觉得我有话跟他说。可我当时想的是：为什么这个人这么傻，自己跑来同我们说话，还要问是不是我有什么要吩咐他？我觉得太逗了，把手里的梅花往他怀里一抛，希望能把他打跑。

今日这事，可真是生平所未遇！一个粉妆玉琢的少女，手持一枝梅花，用袖子掩了半面，那一双流光溢彩的凤眼，向我斜溜过来，笑容可掬，仿佛有话要说。我急忙迎上前去，想要聆听她说什么，她却将一枝梅花抛进我的怀中，一只玉手简直就要触到我的身上。她放下袖子，我便看到了她的娇面，那绝世的美貌，为我生平所未见，一睹之下，神魂颠倒，啊，这般美人，竟然有情于我！

本来我以为，那个二傻，就像我以前遇见的所有二傻一样，就这么无限、永远地消失到不知什么鬼地方去了！可谁承想，就那么好好的一天，没招谁、没惹谁的一天，我正摘了一朵杏花往头上戴，一打眼看见一个人！瘦得就像一个鬼，瞪着两只眼睛，都红红肿肿的，还有两个大黑眼圈，正向我扑来！哦不，他没向我扑来，不过，他看着我，露出一种饿虎扑食的眼神，咦，怎么那么眼熟？我赶紧溜进我家大门，听着他在后面一声声喊着我：

"姑娘！请留步啊！我找了那么久，才终于找到了你，不要走啊！"

哎？听见这个动静，我一下子想起来那个人了，就是我用梅花抽了他一下的二傻。从梅花开，到杏花开，这都换了季节，过去了足足俩月了，他竟然还存在？

我赶紧把大门关得紧紧的，跑到后头去玩。

过了好几个时辰，小荣跟我说，那个人始终坐在门口不走，眼睛一直盯着我家的门。我听了这个，又笑起来了。

我拦了一天，不让我娘知道情况，到最后还是让她知道了。

"公子……公子！哎呀，都睡着了。这是哪里

来的一位公子啊？听家里的丫鬟说，从辰时就坐在我家门口，此时已经是酉时了，公子，快醒醒，你有什么事，是来找什么人的吗？"我的老娘亲自出去问他，我鬼鬼祟祟地跟在后面。

"我是来访亲戚的！"

"你是来采花蜜的？"

老娘耳背，可不笑死我了！

"不是采花蜜的，是访亲戚的！"

"你是来当奸细的？"

哈哈哈哈哈哈。

老娘虽然耳背，可我的笑声她是听得到的。听见我在旁边笑得停不下来，娘问我："哎哟！我年纪老，耳背，听不清。婴宁啊，这位哥哥说，他是做什么的？"

这世上就我一个人，知道怎么跟我娘说话！我扒在她耳边，就像小时候想要吓唬人那样大声吼道：

"娘！他是来走亲戚哒！"

"嗨，走亲戚啊，走的哪家亲戚，你亲戚家，姓什么呀？"

"这……"那人为难地答道。

我娘看了他的口型，恍然大悟地说："噢，姓赵啊。"

"不，不姓赵。"

我娘看他摇头，便明白了："不姓赵啊，那姓什么啊？"

"我……我不知道……"

"是你姓赵啊？"

哈哈哈哈哈哈。

我娘被我笑得挂不住了，可他俩的对话也太好笑了。我娘说："公子，你别介意啊，我家里只有一个傻闺女，已经十六岁了，天天就这么傻，还不如人家三岁的孩子机灵！要是冒犯了您，别往心里去啊。这么着，这村子里并没有姓赵的，天色也晚了，这山村离城又远，不如来我家暂住一宿吧！"

果然，我娘非要把这个人放进来，后来，又告诉我说，这个人找的亲戚家，就是我家，我，就是他的表妹！我剪枝梅花，随便抽一个人就能抽中一个表兄！看来这世上，表兄还真多！

人家的表兄乖又乖，我的表兄呆又呆，我要爬上这棵树，拧一个树枝下来，做一个弹弓，到城里街上连环射，看看再能射中几个表兄！

我刚爬上去，我的表兄王子服来了。

"婴宁，婴宁！"

看见他我就大笑起来。

"小心点！看掉下来了！"

我掉下来的瞬间，有些心慌，但是也不暇细想，就掉到了地上，顺便还把王子服砸了一下。

"你看，我说你要掉下来吧？多亏我在下头接着你，不然该摔疼了。"

我俩从地上起来，拍完了身上的灰，王子服从袖子里变出一枝梅花来："婴宁妹子，你还记得这枝梅花吗？"

"都已经干了，你怎么还要？"

"婴宁，我一直保留着这枝梅花……"

"这算什么好东西，这个梅花到处都有，搞不清楚你为什么宝贝这个？我家还有重瓣的呢！只是没存着，等明年再开了我喊你过来，你要多少都行。"

"哎，婴宁，你忘记了当初把这枝梅花抛入我怀中了？"

这……好像是有这么回事。

"所惜并非梅花，乃是追忆佳人。我不是爱梅花，乃是爱你！"

他说爱我，又问我是否爱他。这可不好说……既然我娘说他是我表兄，那我也只好爱他了吧。

我说："你都是我亲戚了，我自然爱你。"

王子服说："我说的爱，不是亲戚之爱，而是夫妇之爱！"

"'芙芙之爱'是什么爱？"我纳闷道。

"夫妇是要在一起睡觉的！"

我想了想跟他一起睡觉的情形，总觉得哪里有点怪。我小时候是跟娘一起睡，大了以后跟小荣一起睡，现在都是一个人睡了。他虽然是我表兄……

"我不想跟不熟的人一起睡觉。"

娘在喊我们吃饭了。我拉着他的手去吃饭。

我娘问我们在干什么，半天都不来吃饭。我赶紧告诉我娘，我在花园里跟表兄说话呢！我娘问我们在说什么，我说，表兄要跟我一起睡觉，可我不愿意。王子服急得上来捂我的嘴。

"这种事怎么可以说给别人听！"

我在捧着碗扒饭的时候，王子服在我耳边说。

"没有说给别人听啊，我跟我娘说都不行吗？"

"睡觉的事，连娘都不能说！"

"吃饭、睡觉是平常小事，又不是到邻居家树上偷杏子，怎么不能说？"

我的表兄王子服，着实有点傻。做弹弓这么好玩的事，一点兴趣都没，絮絮叨叨跟我说"睡觉"。这才大清早呢！

我在梦里梦到了一个人。她说她是我的娘，可是我不认识她。

"我就是你的娘，陪在你身边的那个娘，你不是她亲生的。你是我生的，你好好地看看我，我是一个狐狸。"

"啊？你是狐狸？我是你生的？那岂不是说：我也是一个狐狸？"

"你呀，你是人类的孩子，只不过身上流着一半狐狸的血！我们狐狸不会照顾孩子，所以把你交给鬼母照顾，她是你的嫡母，也就是你亲爹的大老婆。现在，你已经十六岁了，你的鬼母魂魄也快散了，不能再照顾你了。你是个活生生的孩子，既不是狐狸，也不是鬼，你该回到你的世界当中去了！表兄王子服，是你鬼母的亲妹子的孩子，我们俩给你找来这个人，让你遇到他，让他爱上你。如今，你该跟他去了……他让你跟他走，你就跟他走吧！"

早上起来，我娘便对着我们说，让我跟着表兄去，去找我姨。她说得这么亲切，我却泪流不止。由于昨天晚上的梦，我知道这一去，就不会回来了，就再也不会见到我娘了。

我梦里的狐狸精娘告诉我，我娘是一个鬼，已经快要听不见这个世界的声音了，所以她着急无比，要让我赶紧安全回到人间，她才能放心地去。那一枝梅花所砸中的表兄，原来是我的两个娘安排好的带我上岸的人。

我一边哭，一边牵着表兄王子服的手，偷偷地看了他一眼。我的表兄王子服，他对我很好，一想起他傻呆呆地坐在我家门前一整天的样子，我就好想笑啊！

我嫁给了表兄王子服。他晚上果然跟我同席而眠。人们都说，我现在应当像个大人样了。

世上原本就有两个世界，一个是大人的世界，另一个是……

野怪和狐狸，虫子和山鸡，石头和大树……所有这些我熟悉的事物，它们在大人的世界里，全都闭上眼、合上嘴，学着大人的样儿，按照大人的意见生活；在我的世界里，则会叽叽喳喳、七嘴八舌、心花怒放。

"变变变！变变变！变变变！"

哈哈哈哈哈，我竟然能把虫子变成树枝！太好了，唉，我的狐狸亲娘怎么不早点出现，我的鬼娘怎么不早点告诉我我是狐狸呢，大概是怕我把全世界都玩坏了吧？

王子服家里的丫鬟喊我去吃饭。我把这一只毒蝎子变成玉佩留在这个树洞里，再用树叶塞满，我吃饭大约要半个时辰，我倒想看看回来的时候它是玉佩呢，还是蝎子！

布置这东西花了好大功夫，正当我布置好了，要走时，突然来了个人。我好像认识他，他好像是邻舍。

"美人自从搬来此地，在下朝夕仰慕，每次美人看到小生，总以眉目传情，笑容可掬，小生早就想找这个机会，跟美人说句话。请不要走，我们到后园去说话！"

"我不去，我要吃饭了！"

"请美人垂怜小生！不然，小生将相思而死！"

难道他也是个傻子？糟糕，我跟一个傻子说了一些话，他就变成了我的丈夫，晚上跟我挤着睡，所以这件事告诉我说：傻子万万不可理。

"哎！你看那边？"

我随手一指，他往那边看的一瞬间，我跑走了。

"婴宁小姐闯祸了！"

"闯祸了，闯祸了！"

"婴宁小姐是个妖怪吧？明明看着是玉佩，掏出来的时候却是个蝎子！"

就算我长了一百张嘴，他们也不会相信：我不是故意的！我急着跑，早已忘了那回事。

我怎么能想到他会去那边掏树洞呢！

大人们告诉我说，那人说我成天对着他笑，他才同我说话的。

那件事以后，我就决心这辈子再也不笑了。

小荣说得对，这世上的男的啊，只要你对他一笑，他就会想入非非，招来多少麻烦！

我一天不笑，两天不笑，三天不笑。

"婴宁小姐，我讲个笑话给你听。"只有我们两个人的时候，小荣对我说。

"从前啊，有个人很小气，他办了一桌席面，请了一百多个人来做客，可是呢，只杀了一只鸡！这只鸡死了以后，就到阴曹地府跟阎王告状，说，杀了我待客，也是应当的，毕竟我是一只鸡，可是让一百多个人都来吃我，这也太过分了！阎王说，你有什么证据，能证明你被一百多个人吃了？鸡说，我有证据，那边的菜里还有很多萝卜，我这就喊萝卜来做证。萝卜来了以后说：你骗鬼啊！那天的席面上只有我，我根本就没见过你！"

我的肚子在摇晃，我脸上的肉在颤。小荣盯着我看，好像发现我就要笑了！我自然要死死憋住。

憋笑，就像憋尿，憋得久了，就会肚子痛。

憋笑，不太像憋大便，憋笑是可以憋回去的，大便却总是要拉出来。

憋笑，其实更加像憋屁。表面上憋住了，其实只不过是在没人听见的时候放出来了。

人们总认为：狐狸精总比人类富于经验，可以教会人一些东西。以上就是我宝贵的经验。

银台家的秋风

通政司这个衙门，掌管着朝廷内外奏章，俗称"银台"，可以说既富且贵，而胡大人在这个官位上已经有二十年了。

胡大人家，除了大夫人外，还有几房姬妾，一共生下三个儿子、四个女儿，他们几乎都在襁褓当中，就跟其他做官的人家议定了亲事，唯有一个最小的女儿四娘，由于她的母亲早早亡故了，没有人替她操心前程，所以从未议亲。有一回，有位算命先生到了家里，这位先生可是号称"张铁嘴"，算得神准，给当朝太师宰相家里都算过的。他看了全家人的面相，都没有说什么。家里都摆好了桌子，喊着先生用饭时，夫人突然想起来了：

"还有一个没看哪！"

是谁呢？原来夫人想起来了四娘。连忙把四娘叫过来，到张铁嘴面前福了一福。张铁嘴看着她，端详半天，才冒出来一句：

"这才是真的贵人哪！"

算命先生说，这全家人的命也都平常，唯有这四娘，才是真的大贵人。全家人听了，都说这张铁嘴算得不准，那餐饭也没有人陪他好好吃，背地里，没有不笑他、唾他的。后来，四娘就得了一个外号叫"贵人"。本来就因为她没有娘而看不起她的那些人，这下更加讨厌她了。

唯有胡大人最宠爱的妾室李夫人，平常看顾着四娘，她对四娘的好，甚至超过了对她亲生的小三子。这一天，正是胡公的生日，一家人为他摆酒请戏庆生，足足热闹了一整天。

胡家的小姐，一样地都长着满月一般的团脸儿，数二小姐的团脸儿最大最白。人人都说，这是福相。确实，胡家那么多儿女，就她一个是大太太出的，地位从来尊贵无比。这天席上，她的小丫头春蝉附在她耳边，告诉了她一件骇人听闻的八卦："二小姐您还不知道吗？成天跟在老爷身边的那个书童，叫什么程孝思还是程思孝来着，家里是精精溜溜的穷，老爷看他怪可怜的，就把小四赏给他做老婆了，哈哈！这个四小姐，一天天地喊她'贵人'，也没看见她就贵了！她呀，马上就要嫁给老爷的书童了，哈哈哈，这叫什么贵呀？"

对这个消息，胡二小姐是喜闻乐见的。可她不能摆在脸上，只是平常样子地小声说："是吗？他可赚着了！当老爷书童，还给发女人！这得是多大的福气！"

转念一想，胡二忍不住味味笑了起来。

"别人家准没这个条件，还得是老爷女儿多！那样的女儿，上外头堂子姑娘私养的孩子里划拉划拉，说不定还能找出来几个！"

她说这话的声儿并不小，被一个人听见了。那人气愤愤地说："二小姐，背后说人，不怕让人听见吗？"

原来正是四娘的贴身丫鬟桂儿。春蝉忙上前说："哟，桂儿来了。这也不算是背后说人吧，你既然来了，就赶紧告诉我们：你家小姐，是不是要嫁给书童了？"

桂儿道："现在是个书童，以后保不齐也会做上大官的！"

这话一说出来，胡二小姐就笑起来了。"行行行，就他那个样子，他要是当了大官，你把我的眼珠子挖一颗出来！"

桂儿阴沉着脸说："就怕到时候，二小姐舍不得自己的眼珠子！"

此时的桂儿就像一颗年下的爆竹，从头顶仿佛就看得见蹿火。春蝉走上前，挡在桂儿跟胡二小姐中间："哟，大胆的奴才，敢这么跟主子说话？不消二小姐赌咒，让我来吧，若是那个狗杂碎能当大官，你把我这两颗眼珠子都挖了！"

桂儿冷笑道："春蝉，你的余生，就当个瞎子吧！"

春蝉的一记耳光贴了上来。桂儿惊愕，却见胡二小姐在骂她："胆大的奴才！"

胡二小姐既然发话了，那这一记耳光就是该打。桂儿只好哭着回去了。

我就是胡四娘。她们口中说的那个人。

我的丫鬟桂儿，被人打了。

我知道她们为什么打她，我也知道桂儿是多么为着我好。桂儿跟了我这么些年，我所受的委屈，每样都分了她一份。只是，我早已习惯了，桂儿她，却还学不会习惯。

桂儿从外面哭哭啼啼地跑进来。听她说了一通前后的事，我已经明白得差不多了。

前几天，我的父亲告诉我说，他想把我许配

给程孝思，他家里虽然很穷，可是他的文章写得好极了。从小到大，我的父亲很少跟我说话，他衙门里公事繁忙，只要回到了家，就会有一群太太和孩子缠着他，我还没有走到他的面前，就被别人挡住了。可我知道，我的父亲是个极好的人，他断不会把我——他亲生的孩子，送到不好的地方去。他为我选的人，必定是好的。我立刻便答应了。我的父亲温柔地看着我，问我是否感到委屈了，我就把我的想法说给他听。他欣慰地说，为这四个女儿所挑选的良人里面，程孝思是最好的，文章写得这么好，小小年纪，学问这么深湛，将来定会鹏程万里。

父亲还悄悄地告诉我说，四个女儿里头，我才是他最疼的那个孩子。

从父亲那里回来，一整夜我都在流泪。不是伤心，而是感伤。我是一个几乎被全世界遗忘的女孩子，可我有一个真心爱着我的父亲，他虽然缺席了我的全部童年和少女时代，可他就像一个救世主那样出现，把最好的给了我。

"小桂子，你看，我做了一半的这个花样，是牡丹花吧？怎么不像？"

桂儿依然哭着说："四小姐，都什么时候了，您还闷在屋里做花，外头可都打成一锅粥了！"

我对她说:"去给我把那本《四时花样》拿过来!"

我的心里并不糊涂,我知道人人都在笑话我,我清楚这一家人,我的兄弟姐妹们,眼睛里都没有我,我在他们心中,连小厮、丫鬟都不如。一个人假如一直这么活着,她很容易就会怀疑自己、仇恨自己,甚至像别人一样鄙夷自己。我也曾有过那样的时刻,可是后来,我找到了一条属于我自己的生存之道。我努力缝纫、纺织、绣花和烹饪,做这些她们根本用不着做的事情,让每一刻光阴都不虚度。那些口舌……无非是一个人说另一个人,另一个人又说别的人,说来说去,有什么意思?你说你是如何地看不上我,说一万遍,也只是同一个意思,我只当没听到就好了。

在所有这些人的笑骂声中,我,嫁给了书童。

程孝思是上门女婿,住进了我家。毕竟,除了我家,我们两个人都无处可去。

就这么过了好几年日子。

父亲已经去世一年多了,父亲在的时候,他们尚且这样侮辱我们,何况是现在?你不要因为我的缘故,而勉强留在这里忍受白眼、嘲弄和消耗。这些无缘无故的恶意,我浸泡在里面二十多年了,它会无声无息地腐蚀一个人的自尊,会让你耗费全部的力气还一无所获,最终,要么变成跟他们一样的人，要么被他们羞辱得体无完肤。

如今，我送我的丈夫出远门。

"明日你便要远行了，上京路远，行李都已经装车了。一共十双鞋，都是我亲手缝好的。四时全套的衣裳，也都是新做的。若路上没有鲜菜，这一缸腌菜也足够你吃到京城。刚才我又检查了一遍，没什么缺的了。"

我的丈夫程孝思是一个沉默寡言的人，除了在我面前，他在别处都很少开口。然而跟我之间，却是言无不尽的。"娘子，路上顶多一个多月，怎么用得了十双鞋？银台家的女儿，这样奢侈的吗？十双鞋，够我穿三年的。"

"就是给你穿三年的。"

"娘子这是什么意思？"

"我知道你的学问已经够了，可是科考这种事，有才而时运不济的比比皆是。如果今年考不中的话，你，就不要回来了。"

"娘子不要我了吗？"

"我们都没有别的亲人了，都是彼此最亲的人，如果今年没有考上，也不要回来，等你考上了，再回来带我走！"

我目送我的丈夫离开。他跟我一样，从小不曾被人好好对待，所以对别人待他的每一分好，

都深深地记在心上。父亲走了，父亲没来得及护持我的丈夫到最后，只把他送进了国子监，就撒手走了。我们两个人一起生活在这冰冷的大宅子里，就像是盟军。如今，我的丈夫去了，他一步三回头，他往后走的每一步路，心里头都想着我。

"快走吧！"

"四娘，保重啊！"

日子又过了整整四年。那一天，是我的三哥大婚的日子。我在厨房里，跟桂儿一起摘鹰嘴豆、洗鱼肠子，忙了整整一上午。突然有好些人来找我，为头的，是母亲的婢女杏儿，跟在她后头的，是樱儿、梅儿、喜儿、坠儿，还有好些平常从来没说过话的人。她们黑压压地跪在我面前，有人上前接过我手里的鱼肠子，带我去洗手。所有人都对我说，四小姐，恭喜四小姐，四小姐以后可不要忘了我们。我心里大概地知道了，我盼望已久的这一天到来了。

"四小姐，您快点走！您一向沉得住气！都这种时候了，要是我啊，腿上都生了风啦！前头好些个大官都来了！一家人忙着接待客人，连三爷婚事儿的派头，都给压下去了呢。原来程先生，早就已经考中了进士，就在秋上的这一科，还是个探花呢！还选进了翰林！快走，快走！"

　　我耳边听见一叠声地："四娘来了！四娘来了！"我的哥哥三郎对我诌笑着说："四妹！一上午我都没找见你，心里正发急呢！今天是我大喜的日子，若是没有四妹在这儿，我怎么能踏实！四妹，你一向跟哥最好对不对？"

　　我其实并不太认识我的哥哥三郎，他也并不曾同我说过话。

　　我的哥哥大郎说："去，你这猴儿，人家四妹已经是翰林夫人了，还这么不尊重！你跟四妹好，大家都知道，可最疼四妹的不是我嘛！"

　　对他们的前倨后恭，我心知肚明，可是当此时此刻，我也只能微笑不语。

　　这边正在欢庆的气氛中，却听见有人大叫，吵得整个宅子都听得见。春蝉大哭着进来，脸上还流着血。

　　"是……是桂儿！桂儿她说，我欠她两个眼珠子好些年了，该还给她了！她……她就来抠我的眼珠子，都……抠出血了！"

　　那一天的筵席，不欢而散。不过这一切，与我无关。我继续等待着。我仿佛等了很久，以为永远也不会等到了，但是当这一天终于来临，以前的苦难就好像一瞬间渺茫到不复记忆了。如今，我快要见到他了。我按着我的心，不要让它跳出来。

"夫人，老爷接您的车到了！"

"老爷接我们到什么地方去呀？"

"这个地方儿，按说也不生，七八年前，咱去过一回。就是大郎的辋川别墅。"

"啊？到那儿去干什么呀？"

"大郎穷了，别墅，卖了！"

桂儿拍着手笑道："啊哈哈哈哈哈，原来，买别墅的人，就是程先生啊！"

胡家，富贵了几十年，一旦开始凋落，这速度，就像是秋风扫落叶一样。我的哥哥大郎卖掉了别墅，这只是败亡的开始。没有几年，我的另一个哥哥二郎杀了人，被抓到牢里去了。为了救他出来，胡家散尽了银子，到最后，还是求到了我。我的哥哥二郎是个纨绔子弟，我们在一个屋檐下生活了二十年，他从来没有正眼看过我。如今他们来求我了，他们不是求我，而是求我的丈夫程先生。大郎来到我家的时候，穿着一件袖子都破了的衣裳，那件衣裳，我认识。那是那一年，二姐费了好大力气，弄到了宫里最新的料子给他做的，这件衣裳的大部分，都是让我缝上去的。可是二姐不肯说，她说是她自己做的，还把这件做好的衣裳当寿礼，给了大郎，让人人都夸赞她的针黹。如今，这件衣裳，也破了，原本的光鲜，已经看不出来了。大郎穿着这件破了的衣裳，哭着跪在我的面前，跟我说，你去救救二郎，他，毕竟是你的哥哥。

到我的丈夫程先生成为朝中数一数二的贵臣的时候，我娘家的所有人，都已经被秋风吹散。他们寄身于蓬门荜户，混迹于引车卖浆，发如飞蓬，面如黑鬼。程先生告诉我说，那是他们的命运。正是因为德不配位，才会失去一切。

我的丈夫程先生说，四娘，你还记得秋风乍起的那个早上吗？那时的我，过着这一辈子自出生以来最安稳的生活，你顶住了家里所有的冷漠，给了我最温暖的照顾。可是我就在这样一个清晨上路了，而你告诉我说：如果不中举，就别回来……我是为了你而苦读的，虽然不在一起，你的声音却总在召唤着我……

命运的一点好意，没有那么容易换来的。每一个普通的日子都是上天的恩赐，今日朱紫，明日便不知道要怎么样。

而那一天的秋风护佑我……

一直到未来所有的日子。

照花前后镜

　　白天的喧嚷即将结束了，黄昏在此时沉降。我坐在门内。而门，半开着。我一直在向外张望。我等待的那个人，他就快出现了。就在半天之前，他还行走在山路上，骑着一头牲口，边走边嚼着随身带的干粮。跟他一起来的，是那个鬼头鬼脑的梁子，虽说古灵精怪，可是忠心耿耿，也正是为这个，家里人一直让梁子跟着他。他，那个傻子似的刘子固，高大、帅气，而又天真。富贵人家的公子，常常都像他这样。要不是梁子跟着，他一出门，准会让人骗了去。

　　谁会骗他呢？很多人。很多人都会骗他，因

为他好骗。比如说：我。又比如说：阿绣。

我坐在这里，等了他整整一个下午。我变出了这间屋子，打扮成了这个样子，好好地、不声不响地、装模作样地，坐在这里，就是专门来骗他的。

他，来了。

正如我所设计的，他，透过半开的门，看到了我。他一定以为自己是看错了。他正在门口徘徊。他内心又惊、又喜、又疑，再三张望、举棋不定。刚才我用一点小的诡计，支走了梁子，现在就在等他看见我。他果然看见了我。看到他那个样子，我故意抬起头来，皱着眉头，我也看他。我站起身来，来到门后，用含着迷茫的神情，深深地看了他两三眼，然后把门关上了。

我要做的事，就是关门。关上了门，我的事情，就算是做完了。接下来的三天，这个门，一直都关着。我知道，有一双眼睛，都快把这个门看破了。有一双眼睛，就在墙外，三天以来，那个人得空就跑到门前来，死死地盯着那扇门，期待它能再次打开。可我，就是不开。

虽然不开门，我却知道门外所有的事。我知道，刘子固租了一所房子，就在我的东邻。我还知道，他到处向人打听我，他却不知道，他所遇上的人，都是我派出去的小妖怪。

这一天，我特地出了门，到街上买头绳。我走得很慢，等着他跟上来。

"阿绣！阿绣！"

他在后面喊我。

"嘘！"

我冲着他指了指后园，我想：他已经明白了我的意思。他是我的东邻，园子彼此是相通的。一个时辰以后，我踩着梯子上了矮墙，果然看见他蹲在草里等我。

"阿绣！果然是你！"他咧开嘴像是要笑，眼睛却红了。

"别哭了，子固哥哥！"

他哭得一把鼻涕一把眼泪，哭得真心实意，哭得听见的人，都会止不住心酸。我掏出自己的手帕给他擦眼泪，我站在梯子上，他站在地上，我得探出半个身子，才能够得到他的脸。他一把抓住我的手，和我的帕子。

"阿绣，我从盖州阿舅家回家以后，我娘曾派人上你家提亲，人家回复说，你爹已经把你许给广宁人了。听了这个信儿，我哭了好几天呢，你既然已经许了亲，怎么还没嫁，反倒住在这里？"

我笑道："我何曾许给谁了？那话，是我爹骗你的，你知道，我本就是广宁人，我爹要带我回家乡去，不愿意我嫁给外乡人，所以不愿意答应你家，可也并没有许人。后来，我就到这里住着了，这里是亲戚家。"

刘子固惊喜交加。"阿绣，这么说，我们还可以……"

有什么不可以呢？我附在他耳边对他说："今晚让你的仆人梁子上别的地方睡觉，你等我。"

趁着刘子固还没来，我跟你们讲这段公案：海州刘子固，到他舅舅家做客的时候，遇上了开杂货肆家的姚阿绣。阿绣生得美，刘子固爱上了她，不管阿绣说什么，他都会听。刘子固说，我要买把扇子。阿绣说，这把扇子要五两银子。刘子固就给她五两。刘子固说，我要买块手帕。阿绣说，这手帕要十两。刘子固就给她十两。闹到后来，连阿绣都过意不去了，把多收的银子包起来还给他，说，先前是骗你的，这些东西不值这些钱。刘子固却不肯收，说，我自己乐意多给钱，不用退给我。后来，刘子固回了家，别人怎么给他提亲，他都不答应。他的母亲也就知道了阿绣。刘子固说，如果不能娶阿绣，他就去死。

我是从这些事情中，知道了刘子固是真心爱阿绣的。

我挑了一点胭脂，把嘴唇涂得红艳艳的，一

心一意等刘子固来。我的那个情郎啊……这天下，哪个男人有你这般用情！真心爱阿绣，也就等于是——真心爱我。

不知道是鱼在水中，还是水在鱼中。

事后，枕着他的胳膊要睡时，他说：

"阿绣，我想了你这些年，本来以为我俩无缘，想不到竟有这样深的缘分。"

"今宵好风月，"我给了他一个醉意蒙眬的眼色，"慰君往日深情……"

四更天的时候，我匆匆去了，自此每夜都来。刘子固原本到复州，是因为有人向他家提亲，他来相看姓黄的女子，如今，他也不相看了。家中让他回去，他也不回。你若是问我，这以后怎么办……笑了个话了，如今我天天心满意足，谁还管什么以后呢？能快活一天，便是一天。

那个仆役，看见我了。

就是那个我叮嘱刘子固，"今晚让你的仆人梁子上别的地方睡觉"的梁子。

这个梁子，不是一个善茬。

我听见他在街上跟人说：

"足足的一个月了。我家大公子最近邪魔了，我起初不知道是为什么，昨儿晚上起夜，顺道去公子窗下看了一眼，可把我给吓趴下了。有鬼，有鬼啊! 这事儿, 我得好好问他。"

脚踩着门前的石阶, 他是这么问刘子固的:

"天天晚上, 你跟谁在一块儿? 别当我不知道。"

"你都看见了?

"我看见了! 我告诉你啊公子, 我跟你保证, 那人不是阿绣! "

"你不认识阿绣了? "

梁子说: "姚阿绣是咱们家的邻舍, 是我看着她长大的, 到什么时候都不会忘了她的模样! 你爱上阿绣, 全家都知道, 我怎么不知道! 你爱她没关系, 可别见个什么东西就以为是她。我告诉你, 晚上来找你的, 不是阿绣, 是个鬼! "

刘子固只有怒斥他: "你胡说! "

"我怎么胡说? 昨儿晚上灯下我看得清亮亮的, 真阿绣的脸蛋儿, 常年红扑扑的, 你那个假阿绣的脸, 白得瘆人! 真阿绣笑起来, 嘴边有两个小涡, 假阿绣没有! "

刘子固还在嘴硬: "那是你没看清楚! 世界上哪来的两个阿绣? 分明只有一个阿绣! 就连那胭脂色的袄子, 月白镶蓝边儿的裙子, 都是以前常穿的! "

梁子大笑了起来, 笑得我心里发紧。

"那就更加有鬼了, 哪个姑娘好几年了都不换一件衣裳！"

我就知道，事情得坏在这个梁子身上。刘子固天天贴着我都没看见的东西，他一闪眼就看见了。罢，罢罢，这偷来的幸福，左右不长久，眼见就该是离别的时分了！听到此处，我推门便走了进去。

刘子固慌乱地站起身来。

"反正，你都已经知道了。"我说。

"你？"刘子固惊疑不定。

"帘子后头躲着的人，可以出来了。你手里拎着一根棍子，是为了来打我吗？请你把它扔了。去温一壶酒，再去邻舍张阿婆家，买几个菜回来。我要跟你主人喝一杯酒，道个别。"

梁子慌慌张张地去了。我坐稳了，就问他一句话：

"刘公子，我，真的不如阿绣美吗？"

刘子固只顾上牙碰下牙地打寒战。晚上我俩颠鸾倒凤的时候，他可是一点也不怕我呢。

"虽然不如阿绣美，可总也差不太多吧？你怎么就只喜欢她，不喜欢我呢？"

看他那个样子，我只觉得扫兴。不禁笑了一声。

"哈哈！这三杯酒，我全都干了！权当是向你赔罪，不该顶包。看来，是我错了。男人若是爱上了谁，又得不着谁，谁就会成为他一辈子的心肝儿肉，别的人，哪怕长得一模一样，也分不着他的一点怜惜、一点惦记。你说，是不是呀，刘子固？"

"大仙，饶了我吧。"

我已决意分手。

"我走了以后，你会想我吗？"

"我……不敢。"

"不敢个想呢，还是不敢想？"

"大仙，实是不敢，并非不想。"

"真的？"剑拔弩张的内心，一下子烘然一热。我这是怎么了？难道我果真在意刘子固是否会想我？"你也会想我吗？"

这句话说得柔肠百结，令我愧悔交集。唉，在一个不爱你的男人面前，纠结他对你，究竟是有那么一点点情，还是压根儿没有情，这真是世界上最为无聊的事情。是我错了，他对我从来没好过，他的所有的好，都是给阿绣的。过去我以为：他爱阿绣，就是爱我。可是从今天起，就再也不是了！

"好了，你不用回答了，我，走了！"

我虽然走了，却知道：就在海州乡下的道上，真阿绣跟刘子固重逢了。真的阿绣，穿着破布片儿，头发上爬着虱子，浑身臭不可闻，可就是这副样子，刘子固也还是喜出望外。

阿绣攀住了他的衣袖，向他哭诉：

"我和爹爹从广宁回来，路上碰到了兵，把我们全抢了去，给他们做苦役。看到我是一个女子，那些贼兵没安好心，正在发急，有一个蒙面女子握着我的手，带着我跑了起来。不知为何，脚底下就好像生了风，跑得这样快，也一点都不知道疲倦。更不知为何，旁边的人都好像看不见我们似的，我就这样跑了，那些兵也不来追赶。就这样来到了海州，那个女子才放下了我的手，她对我说：到地方了，姚阿绣，爱你的人就快来了。我就问：姐姐说的是什么？谁是爱我的人？她说……"

阿绣说的那个人，是我。那时，我对她说："那个觉得你是全天下最美，神仙也比不上你的人，就是爱你的人了。"然后，我就抛下她愣在原地，跑啦！

我一时淘气，偷走了阿绣的爱情，可后来才发现：那不是真的。大概好几百年以前，我曾听人讲过一个故事，说是有人偷了别人的一坛银子，埋在自己家房子下头，等挖出来用时，却发现是一坛清水，他就懊恼地把坛子还了回去，等那银子的主人来看时，却依然是银子，货真价实的，不再是清水了。如今，我要把这偷来的爱情还回去了，我还要再看一看，这货真价实的真爱，到底是个什么样子！

我是姚阿绣，我在这海州，住了有一阵子了。我住在以前的邻舍，刘子固哥哥的家里。我们一家，原是广宁人，不过是来这北方做生意。爹想要落叶归根，在广宁给我寻个丈夫嫁了，所以刘子固哥哥家来说亲时，他就是不同意。为了亲事，回了一趟广宁，谁承想，闹出这么些事来，半路上遇到兵，差点把命搭上。更想不到的是：天缘凑巧，竟然这命运，就像是一阵风，把我吹到子固哥哥的家里来了！

"阿绣啊？阿绣长大了，哎哟真俊啊，真是让人越看越爱啊。怪不得我家子固一直放不下你，老身总算是明白了！"

刘家老太太，是个绝好的人，又是本来的邻舍，不算是外人。从此，便让我跟着她一起睡。我惦记着我流离军中的爹娘，刘老太太就派出了仆役，天天地上街打听。我在这刘家住着，子固哥哥对我极好。

只不过，子固哥哥常对着我说出一些奇怪的话。有一天，他上前拉住我的手，我的脸羞红了，让他别这样拉拉扯扯的。

"你……对了，你是真阿绣。"

"又来了，什么真阿绣，难道还有个假阿绣？"

"原来，真阿绣的手，之前我从未碰过。"

"子固哥哥，你在说什么？"

"没……没什么。"

什么真阿绣、假阿绣，总让我觉得纳闷。子固哥哥跟从前有些不同了，我觉得他有些痴呆，别是有什么疯病。也许，是长久没见到我，相思成疾，颠倒梦想，所以落下了病吧！我又有些可怜他，又有些心疼。子固哥哥爱我，我知道。

当年我家里开杂货店，子固哥哥天天来买东西。这回我才知道，他买的东西，一直留到现在。不光留着，还一直搁在他的床头，当他想我的时候，就拿出来看。有一天，被我看到了他床头堆着的那些东西，不禁好笑。

"我就说呢！你一个大男人，买花粉干什么？果然，到今天，连封儿还没拆过呢！"

"你家杂货铺里，就那么些东西，我几乎每样都买过了。"

"你不打开看看吗？我帮你打开，你看看！"说着，就打开了一个胭脂包。

"这是什么呀？"

"这是土、土！我看你傻头傻脑，就故意包了点土给你，结果这好几年了，你也没发现！我要是个贼，这都跑了好几年了，苦主儿还没发现让人偷了。"

说到这里，我发现子固哥哥突然地红了脸。这又是为什么？我可不知道。过了一个来月，刘家的人真的把我爹娘给找回来了。经历了这么一场兵乱，颠沛流离的，我家里一个人都没少，真是不幸中的万幸。这一切，都要感谢刘家。因此，刘家一向我家提亲，我爹立刻就同意了。洞房花烛，照烧红妆，我便成了子固哥哥的妻子。

新婚夜，灯下，子固哥哥跟我低低说着话。

"阿绣，你知道为什么这花粉，这么些年我也舍不得拆？"

"为什么？"

"到今日，我才舍下这张脸，敢对你说。那一日的情形你还记得吗？你用一张纸，包起了这花粉，然后，在纸上舔了一下，用口水把花粉包儿粘上了。因为这花粉包儿上有你的香吻，所以我才舍不得拆呢。"

"哎呀！作死呀！好不羞人呢！"

门突然开了，吓了我们一跳，从门外走进一个女人来。许是刘家伺候洗脸水的丫鬟？这也太没有眼色了。

"你们这两个人，洞房花烛之夜，为什么也不拜一拜媒人呢？"

媒人？我俩哪里有过什么媒人。我瞪着她问："你是谁？"

"你说我是谁？"

那女人有一张芙蓉般的俏脸，看着好生熟悉，好像在哪里见过……身旁的子固喊了起来：

"阿绣！"

我和那女人一同答应了。这下可就奇了，我看着她说："你也叫阿绣？"子固哥哥告诉我：

"她不仅名字也叫阿绣，而且跟你长得一模一样！你说好像在哪里见过，那就是在镜子里见过！"

乖乖！原来我自己长得是这个样子嘛！那我……不会吧！我竟然有这么好看？比在镜子里看，还要好看多了呢。心头一喜。算了，我还是赶紧面对眼下这种奇怪的局面吧：

"你……你是从哪里来的？"

她说："从今往后，我的名字不叫阿绣了，我另外取一个名儿吧！既然你叫阿绣，那我就叫阿缝吧。"

阿缝？这算是个什么名儿呢？这可不如我的阿绣好听！我拉起那个姐姐的手，对着她左看右看。她，可真好看呀！我内心迷惑不解，她究竟是谁，她是从哪里来的，跟我是什么关系？为何我们长得一模一样，难不成，我爹娘当年生的是一对双胞胎，只不过后来走散了？我又突然想起一件事。

"阿缝姐姐，你就是那个在乱军中把我救出来的人吧？"我是从声音辨认出她来的。

"你说呢？"

"哎呀，恩人哪！要不是你，我早已连命也没有了。"我盈盈地拜了下去。

正当我们三人在这里执手相看，又叙旧时，外头突然响起了敲盆敲锣的动静。子固哥哥家里的那个仆役梁子，扯着嗓子在窗外大喊：

"不得了啦！妖怪来啦！新人房里有两个新娘子啊！其中一个是妖怪！妖怪！"

我赶紧推开窗子申斥他："梁子！你瞎喊什么呢！"

"主子，快跑吧，妖怪都进屋了，这个假阿绣，就是冒充你的样子骗大公子的，现在看见你来了，她可能要对你下手了！"

众人听说屋子里有两个新娘子，纷纷地拥进门来，连子固哥哥的母亲，都被他们惊动了，也跑了来看。她吓得拍着手说：

"这到底怎么回事？呀！这一个屋子里，怎么会出来两个阿绣？"

"妈！吓着您了！这是我的不对，没把家里的事跟您说清楚。您别听梁子瞎说，这一位，是我的姐姐，她叫阿缝。妈，你看，阿缝、阿绣，我们俩本就是一母同胞！姐姐出嫁多年，听说我们一家在这里，急急地赶过来了，没有别的事！"

我只知道，眼下我要赶紧地平息事端。我还知道，既然能把我送回到子固哥哥身边，阿缝她……不会是坏人。

我的婆婆惊喜异常：

"哎呀，这阿缝……跟你长得也太像了吧！阿绣啊，你姐姐看着比你更伶俐，你本来够伶俐的，跟她一比，却显得老实了！"

也不知道那天，我是哪里来的急智，赶紧地把这件事掩盖过去，回头，再细细地问这些人。我问了梁子，也问了子固，这才清楚了前因后果，也知道了这位阿缝，并非世上的人，而是一位仙。哎呀，我这是哪里来的运气，竟然有一位女仙，跟我长得一样！

梁子跟我说：

"少奶奶，您是不是傻？那个妖怪狐狸精，存心变成你的样儿，就是为着勾引大公子的，你没看出来吗？她喜欢大公子！可大公子只喜欢你！

所以不定哪天，你就被她谋害了，这样世上就再也没有真阿绣了，她就可以……"

我听了他的话，不禁怒从心头起。

"呸！梁子，你这恶仆，再这么诋毁我姐姐，我把你撵出去！"

阿缝，不可能是他们口中那样的人。这一点，我知道得清清楚楚。在我们三个人当中，阿缝，是真心爱着刘子固，一点点都不爱别人，刘子固也是真心爱着我，也是一点点也不爱别人。所以阿缝的爱，是落空的爱。她若是想要谋害我，她是一位仙，何必等到今天，在乱军中不救我，不就完事了？因为她爱刘子固，所以才给他带来了真阿绣。

她是一位仙，她的日子，不像我们凡人，只有几十年。她不像我们，沉沦于爱恨纠葛，错过了这个男人，就一生痛悔。作为一位仙，爱一个人只是一瞬间的事，这个人一生的日子，在她看来也只是一瞬间，所以，她又何必痴恋？

说来好笑，我和阿缝，有时合作一气，逗我家那个呆子子固哥哥玩。候一个他喝醉的日子——

"这屋里，怎么也不点灯？"

"好，我这就把灯点上。"

"妙啊！灯下看美人，雪艳霜姿、香肌玉软、杏脸红娇、桃腮粉浅，妙不可言啊！"

"你是说，我长得好看？那你说，我跟那位阿缝神仙姐姐，谁更好看？"

"这还用说吗？虽然，她是一位仙，你呢，只是一个普通的女孩子，可是，她修炼千年，只是为了修炼成跟你一样的样子，这就已经说明了胜负了！再从我个人的体会出发，虽然你们俩，在外人看来，长得是一模一样，可是呢，我就是觉得你好看，觉得她比不上你。我这是深入骨髓的判断，说你俩一样的那些人，都是皮相！你说，谁能比得上我媳妇？什么神仙来了都没用，都去它一边！"

听到子固哥哥这么说，我高高兴兴地推开门进去了。

"谁是皮相啊？我看你才是皮相吧？"

阿缝也说："我是假的，从门外走进来的那个，才是真的！"

阿缝姐姐经常来看望我们，我生活中的一切难题：公婆责难、妯娌合气、仆人不听话，或者哪里丢了东西，谁有个头疼脑热，随着阿缝姐姐的到来，往往迎刃而解。在我心里，她的地位逐渐地高过一切亲人，她成了我最亲的人。可我始终不知道，阿缝这样做，这样帮衬我们，为的是她喜欢的刘子固，还是为了跟她长得一模一样的我……直到那天，我问了她：你还喜欢刘子固吗？阿缝姐姐告诉我说——

"刘子固，他是个呆子，因为世上有了你，他就看不见其他一切女人了。我虽是个妖精，而且跟你长得一样，可在他眼里，也比不上你的万分之一。我的确是一个妖精，是一个活了上千年的妖精，可是之前，我只是听说这世上有真爱存在，并没有见过。如今，我是真的见到了。"

原来如此啊！

如此说来，子固哥哥是这世上唯一的、跟两个女人相恋过，却无比专一的人了！

图书在版编目（CIP）数据

中国爱情：聊斋故事 / 刘丽朵著 . —北京：北京
联合出版公司 , 2023.6
ISBN 978-7-5596-6822-6

Ⅰ.①中… Ⅱ.①刘… ①短篇小说－小说集－中
国－当代 Ⅳ.①I247.7

中国国家版本馆CIP数据核字(2023)第060170号

中国爱情：聊斋故事

作　　者：刘丽朵
出 品 人：赵红仕
责任编辑：高霁月
出版统筹：慕云五　马海宽
项目监制：孙淑慧　王　鑫
策划编辑：高　锋
装帧设计：李晓红
插画绘制：Ai　小熊

北京联合出版公司出版
（北京市西城区德外大街83号楼9层　100088）
北京联合天畅文化传播公司发行
北京中科印刷有限公司印刷　新华书店经销
字数166千字　880毫米×1230毫米　1／32　10.75印张
2023年6月第1版　2023年6月第1次印刷
ISBN 978-7-5596-6822-6
定价：59.00元